首斬りの妻

結城充考

光文社

首斬りの妻

結城充考

目次

装幀　泉沢光雄
装画　坂根輝美

首斬りの妻

一

天明《てんめい》六年（一七八六年）八月、患った脚気《かっけ》が胸に至り、将軍・徳川家治《とくがわいえはる》が逝去した。毒殺が疑われたほどの急な死は、老中・田沼意次《たぬまおきつぐ》を権力の座から失脚させる一因ともなった。

先年に奥羽《おうう》を襲った飢饉《ききん》は全国の米価を上げ、七月の利根川《とねがわ》水系の洪水がその高騰にいっそうの拍車を掛けた。江戸市中は鬱憤《うっぷん》を抱えながら、新将軍の着座を待っていた。

その年の夏が終わる頃——渡部里久《わたなべりく》は、三輪文三郎《みわぶんさぶろう》と小石川《こいしかわ》で出会った。

十

堀内《ほりうち》道場の控えの間を出たリクは、庭に植えられた銀木犀《ぎんもくせい》の花に目を留《と》めた。

——もう、夏も末《すえ》か。

小さな白い花の集まりを見上げ、涼風で襟《えり》元を冷やしつつ門へ向かう。稽古場からは、今も竹刀《しない》を打ち合う音が聞こえている。小石川牛天神下《うしてんじんした》に構えられた直心影流《じきしんかげりゅう》の一派である堀内道場には

――江戸随一と謳《うた》われた初代の頃とは比べられぬにしろ――朝方から多くの門弟が訪れて稽古に励み、活気を辺りに放っていた。魚屋の丁稚《でっち》が売り物の入った桶と天秤棒を脇に置いたまま道場の窓にしがみつき、その様子に見入っている。

リクは下げ髪の根を結った組み紐を結び直すと、小袖の襟を整えた。引き続き稽古に加わりたかったが、これから神田《かんだ》の寺子屋へ、町人の子供たちに算術を教えに向かわねばならず、それは武芸を続けるために父・嘉右衛門《かえもん》と交わした約束でもあった。

道場の濡《ぬ》れ縁《えん》で、下男《げなん》が俵の米を叺《かます》に入れ替えている。どうするのじゃ、と訊《たず》ねると中年の町人は、向島《むこうじま》へ送ります、と答えた。

「堀内家のご親戚があちらで、大層難儀しておられるという話ですから」

「大水でか」

「へい。一時《いっとき》は、湾の如《ごと》く一帯が水に浸かったとか……」

洪水は今も江戸市中の水を濁らせている。一月《ひとつき》ほど前の、濁流のうねる神田川の様子。リクの住む篠山藩《ささやま》上屋敷は八辻《やつじ》原を挟んだ川沿いにあり、中間《ちゅうげん》らが何度も神田川の様子を窺《うかが》いに出入りして、水かさが増えてゆくのを恐ろしげに知らせ、ついにはリク自らも――周りが止めるのを聞かず――確かめに向かい、そこで相対したのは大蛇ののたうつような光景だった。上流で水が溢《あふ》れたと伝わり、しかし神田まで届かずに済んだと分かった時には、屋敷中の者が胸を撫《な》で下ろしたものだ。

雷が遠くで轟《とどろ》き、ふと下男が顔を上げた。階段坂を登って来る侍がおり、門前で立ち止まると一揖《いちゆう》し、敷地に足を踏み入れた。

リクたちにも目礼し、稽古場の玄関へ向かう。二十歳ほどの細身の青年で、竹刀と防具を携え、本格的に通うものと見えたが、覚えのない顔だった。身のこなしに腰の据わった感があり、誰か、と下男に訊ねると、

「三輪文三郎殿です」叺の紐を縛り、

「一昨日《おととい》から通い始めた方です。奥州《おうしゅう》湯長谷《ゆながや》藩の者と聞いております。江戸番となったのでしょう」

もう一度遠雷が鳴った。下男が、米俵を片付け始める。リクは堀内道場の門を出た。

広い階段坂を降りながら、文三郎、と心の中で呟《つぶや》いていた。

＋

冬支度の始まった上屋敷で、リクは御殿の奥女中らとともに昼餉《ひるげ》を取った。

篠山藩邸は御殿も長屋も閑散としており、リクはふと台所の、荒神《こうじん》を祀《まつ》った神棚を見遣《みや》り、昨年の忙しさを思い起こす。六月に参勤を終え帰国の途に就く間際、体の不調を訴えた当主・青山忠講《あおやまただつぐ》が俄《にわか》に床に臥《ふ》し、ついに翌月急逝するという大事に至った。篠山藩がひどく動揺したのは、当主に世継ぎがいなかったためだ。家臣たちが主の死を隠したまま、必死に御家の建て直しを図り方々へ働き掛けたことで、ようやく篠山藩は取り潰しを免れたのだった。

今の静けさは、薄氷を踏む心地で過ごした昨年とは全く別種のものだ。新たに藩主となった先代の弟は当主交代の支度に一時帰国を許され、現在は家臣のほとんどを連れて国元へ帰っている。

――先々代が藩主であられた頃は、本当に穏やかであった。

篠山藩江戸詰右筆《ゆうひつ》の娘として生まれたリクは、藩邸内に女人が少ないこともあってしょっちゅう〝奥〟に呼ばれ、姫たちとともに遊び、奥方から手習いを教わったものだった。すでに四人の姫は全員他藩へ嫁《とつ》ぎ、奥方も先々代藩主の青山忠高《ただたか》とともに中屋敷へ移り、隠居生活に入っている。

御殿から外に出ると、中間たちが庭に米俵を積み上げるところだった。西久保《にしくぼ》の下屋敷から運んで来たのだろう。訊ねると、明日運び出す手筈《てはず》となっております、と中間頭の安吉《やすきち》が答えた。

「本所《ほんじょ》の松平《まつだいら》家が今も難儀しておられる、とのことで」

「左様か」

「……お里久様は、お幾つになられましたか」唐突な問いに、

「十八だが、それがいかがした」

老僕はリクの腰に差された刀に目を留《とど》め、

「またそのような恰好《かっこう》でお出掛けなさるか。侍女もお連れにならず」

眉をひそめていった。リクは気に掛けず、

「これからまた堀内道場へ参るゆえ。道場に侍女を連れてゆくとは聞いたことがない」

「そのように足繁く」

「師走《しわす》の稽古納めには道場で仕合が催されるのだ。これよりいっそう励まねばならぬ」

「しかし寺子屋へ出掛ける折にも、同じ恰好をしておられる」

「刀を傍《そば》に置いて教える方が、子供たちもよく話を聞くのだ」

「せっかくのお美しいお生まれが、まるで旗本奴《はたもとやっこ》のように……」

「そのようなつもりはない」

溜《た》め息をつき、中間頭が仕事に戻った。安吉は長く篠山藩に勤め、上屋敷で生まれ育った娘のことをよく知っており、時にはどうしても小言がいいたくなるらしい。

リクにしても女伊達《だて》を気取るつもりはなく、元々は武事以外では振袖や小袖を着ていたのだが、剣の稽古が終わる度に乱れた髪に櫛《くし》や笄《こうがい》を挿し直すのが煩わしく、寺子屋へも袴《はかま》姿で向かうようになると、わざわざ動きにくい恰好に替える機会も消えてしまった、というにすぎない。

男子のなりをしたところで、異人の形姿《なりかたち》で童《わらべ》を集める飴《あめ》売りや、大きな唐辛子の張子《はりこ》を抱える七色唐辛子売りや、左右に大きく張り出した灯籠鬢《とうろうびん》の女人らの歩く江戸市中にあっては、人目を引くこともなかった。

――それも、いいわけであろうか。

籠に押し込められるような暮らしからわずかでも離れたい、というだけの話やもしれぬ。奥方たちの去った藩邸はあまりに退屈だった。今のリクにとって剣を握り相手と対峙《たいじ》する時ばかりが、生《せい》を感じられる場となっていた。

上屋敷を出ようとすると、門番に呼び止められた。「お戻りは、いつも通りで」

「七ツ（十六時）頃になるだろう」

「遅くならぬよう、お気をつけくだされ」

「……どうして」

「昨夜本郷《ほんごう》の辺りに辻斬りが出たそうです」

驚くリクへ、

「斬られたのは小普請《こぶしん》（小禄《しょうろく》の御家人）であったとか。亡骸《なきがら》には何度も刀で斬りつけた跡があり、ひどい有り様だった、と先ほど通り掛かった下っ引きが申しておりました……充分にお気をつけくださるよう」

深刻な顔付きで、「もし物狂いであれば、昼夜問わず向かって来ましょう」

リクは騒《ざわ》めく気持ちを抑え、いって参る、と門番へ告げた。

十

リクは、堀内道場の稽古場を熱心に覗き込む丁稚の姿に目を留めた。喜八《きはち》、と声を掛けると魚屋は背伸びをやめ、恥ずかしそうに頭を下げた。少々心配になり、

「商いは大丈夫か。このところ寄り道がすぎるようだが……神田まで参るなら、何枚か私も買うが」

へい、と喜八は鬢《びん》を掻《か》き、

「近頃は水戸《みと》藩のお屋敷でまとめて買ってもらえますゆえ、ご心配には及びませぬ。それよりお里久様」童顔の眉間に皺《しわ》を寄せ、

「篠山藩では、小者《こもの》を募っておりませぬか」

リクは苦笑し、

「我が藩では、小者は譜代《ふだい》の町人と決まっている。当分は、募ることもなかろう」

月に一度は訊ねられる話であり、リクの答えも決まっていたが、断られた喜八は毎回悔しげな面持ちをする。その顔で窓際へ戻った。

小者、と喜八はいったが、本当に勤めたいのは木刀とはいえ腰に剣を差すことのできる中間であるのをリクは知っていた。若年ゆえ小者の方が勤めやすい、と考えているのだ。

リクは寺子屋で、喜八に算術を教えたことがある。奥州南の農村に生まれたという喜八は飢饉の際江戸へ流れ、運よく魚屋に奉公人として雇われ、商いに用いる算術を学ぶため二月《ふたつき》ばかり寺子屋に通っていた。

――おいらも侍になれますか。

二歳だけ年上の師匠の顔をまじまじと見詰め、喜八は問うたものだ。戦国の世ではあるまいし、そう簡単に農民や町人が武士になれるとは思えなかったが、その眼《まなこ》に真剣な光を見たリクは否、とは答えられず、

――武士が町人よりもよい、と決まったものでもなかろう。それぞれに役目があるのだ。

それらしい言葉を伝えてから、

――中間として仕えることができれば、さらに取り立てられる機会もあるやもしれぬ。

困り入ったリクは、そのような返答で取り繕った。得心したのかどうか、喜八は幼さの残る顔を赤らめ、小さく頷《うなず》いていた。

何か苦々しい気分を抱えたまま、道場の控えの間に入った。壁の刀掛けに並んだ大小を眺め、今

日も三輪文三郎はいるだろうか、とそんなことに気を逸《そ》らしながら、防具と木刀を手にして外廊下を回り、一礼して稽古場に足を踏み入れた。幾人かの門人が型稽古をしていたが、文三郎の姿は見当たらない。未《いま》だ、言葉を交わす機会には恵まれていなかった。

道場の隅で心を整えたのち、誰もいない虚空へ向かい木刀を上段に構える。心に浮かんだ敵《かたき》があった。本郷に現れたという辻斬りは、リクの想像の中で黒く陰った姿をしており、正眼に刀を構え禍々《まがまが》しい殺気を放っていた。

気合いとともに足を踏み出し木刀を振り下ろすが、心の中でも斬った手応えはなかった。

——真剣で襲い掛かる相手を倒せないなら。

せっかく授かった切紙（初等の免許状）にいかほどの値打ちがあるものか。

堀内流には刃渡り二尺八寸の大刀を使う独自の様式があり、稽古でも同様の木刀を用いた。流祖の堀内源太左衛門正春《げんたざえもんまさはる》は下野国《しもつけのくに》に生まれ、一時は土浦藩《つちうら》・土屋但馬守数直《つちやたじまのかみかずなお》に仕えたが、さらに牢人して剣の修業を続ける中で長い刀の有利を悟ったという。入門当初こそ木刀を一振りするのさえ難儀したリクだったが今は体に芯が通り、そのような揺らぎはない。しかし、それでも——

——辻斬りを斬り払うことができぬ。

幕府が開かれてすでに百八十年が経《た》ち、島原《しまばら》と天草《あまくさ》での一揆を最後に、戦に参じたことのある武士は今や何処《いずこ》にもいない。堀内道場では型稽古に満足することなく竹刀と防具を用いて真剣勝負に準じているが、その分一太刀《ひと》の重みが薄れ、実地の戦いから遠ざかるようにも感じていた。

本物の抜き身で斬り合えば、浅い傷でも命取りの怪我《けが》になり兼ねない。幻の辻斬りを倒せぬわけは、命のやり取りを想像し切れないからだ。本当に凶徒が目の前に現れた時。

──私は相手を倒すことができるだろうか。

「稽古を覗くでない」

厳しく咎《とが》める声が外から聞こえ、リクは我に返った。

「御公儀（幕府）は、町人や農民が剣術を習うのをよしとしておらぬ」

窓に齧《かじ》りついていた喜八が慌てて建物から離れ、ご容赦下さりませ、と門外へ走ってゆくのが分かる。やがて大柄な若侍が稽古場に姿を現した。

怒声の主は、向井重之助《むかいしげのすけ》であった。こちらを見付け、驚いた顔で、

「お里久殿。久しぶりにござる」

笑みに変わり、「では……稽古をつけていただきましょう」

リクは重之助の支度を待った。

重之助と向かい合い、法定《ほうじよう》の〝八相発破《はっそうはっぱ》〟に入った。直心影流から伝わる独特の型稽古である法定は四本からなり、どの型も互いに上半円──頭上に差し上げた木刀で半円を描く──から始まる。続けて重之助が木刀を右斜めに構え、こちらの技を受ける打太刀《うちたち》の姿勢を取った。

──当然のこと。

リクは内心頷いた。重之助の手並みはリクよりも上位にあり、すでに目録を授かっている。昨年の道場内の剣術仕合では最後に堀内家の跡取りに敗れたものの腕前は同等に見え、免許皆伝を許されないのはただ若年であるため、と噂されていた。

リクは技を披露する側の仕太刀《したち》として、上段から八相の構えに移った。掛け声とともに気合いを込め、剣先が交差するほど間近で、互いに袈裟懸《けさがけ》に振り下ろした。さらに重之助が左袈裟、右袈裟に斬りつけるのを、リクは真っ直ぐに斬り下ろして応じ、下から斬り上げる木刀の先を、十文字に打ちつけた。

リクは重之助とともに〝八相発破〟から〝一刀両断〟〝右転左転《うてんさてん》〟〝長短一味《ちようたんいちみ》〟と四本の型を繫ぎ、下方で半円を描く下半円で法定を終えた。上半円と下半円で天地の開闢《かいびやく》を表し、最後まで気を抜くことは許されない。全ての型をもう二度、繰り返した。

打太刀の稽古もしたかったが、重之助は交代する素振りを見せなかった。兄弟子からすれば腕に差のあるリクが打太刀に回るなど、想像もできないのだろう。

「太刀筋は、鈍っておらぬようですな」

型稽古を終えると、重之助がそういって笑い掛けてきた。

「しばらくの間見掛けませんでしたが、いかがしておりましたか」

「藩内が色々と立て込んでおりましたゆえ」

リクは言葉を濁す。向井重之助のことは信頼のできる人物と考えていたが、藩の内情を全て晒《さら》す気にはなれない。話を変え、「お勤めは今日、非番ですか」

「……二番組は、暇を持て余しておるものですから」

苛立《いらだ》たしさが、重之助の微笑みの中に窺《うかが》える。事情はリクも知っていた。重之助は幕府の先手《さきて》弓組《ゆみぐみ》の与力《よりき》であり、本来であれば火付盗賊改《ひつけとうぞくあらため》の下で市中の罪人を追捕《ついぶ》しているはずなのだ。重之助の属する二番組は幕府武官の中でも勇猛とされ、でありながら江戸城の警固だけに従事しているのは、一番組を率いる堀帯刀秀隆《ほりたてわきひでたか》が火付盗賊改に任ぜられたことによる。それで一番組が務めを果たしておればよかったが、実際のところ堀帯刀はその人柄が温厚にすぎ、配下もその気風に染まって柔弱になり、ある時には堀組の同心が無法な駕籠《かご》屋を縛ろうとして逆に押さえつけられた、との悪評さえ聞こえていた。

「我が二番組の弓頭、長谷川平蔵《はせがわへいぞう》様が火付盗賊改の助役《すけやく》となれば」

重之助は己にいい聞かせるように、「先手組全体の気勢も上がりましょう」

「そのようなお話があるのですか」

「あくまで、噂ですが」重之助は表情を緩め、

「お里久殿も、道場の年末の仕合に参加されますか」

「そのつもりでおります」

「それはよい」重之助は頷き、

「拙者の見るところ、お里久殿の腕は昨年より大きく上がっておられる。それもあって、道場を辞められたのでは、と気掛かりでした。此度《こたび》はさらなる活躍をされることでしょう」

リクも昨年の仕合では二人を抜き、もう一人倒せば道場の四強に数えられるところまでいったのだ。組み合わせの幸運はあったにせよ、その結果は今度こそ、と期する拠り所となっていた。

重之助は、「今年より、若先生は仕合にお出にならぬとのこと」

胸を反らすと長身がますます大きく見え、「此度こそ第一等を取るつもりでおります」

「では……私と対する時も、あるやもしれません」

「左様」兄弟子の表情が少し強張《こわば》り、「相対した際は……容赦はできませぬ」

リクも口元を引き締め、頷いた。重之助殿らしいものいい、と思う。腕前では到底敵わぬ相手であったが、仕合での手加減を当てにするつもりもなかった。

「……重之助殿は」ふと疑問が起こり、

「人を斬ったことがおありですか」

「ありませぬ」重之助は顔つきを硬くし、「向後、火付盗賊改の翼下となった折には斬ることもありましょう。されど……何ゆえ、そのようなお訊ねを」

「いえ」リクは急に恥ずかしくなり、

「本郷で辻斬りが起こった、と耳に入れたものですから」

「……そのような者が、市中で野放しに」

重之助が吐き捨てるようにいう。「堀帯刀様は、何をされておられるのか」


稽古を終えたリクは防具を仕舞い、神棚へ礼をして道場の庭に出た。喜八がまた、建物の窓から練習を覗いている。庭に置かれた桶を見遣ると空で、確かに魚も干物も全て売り捌《さば》いていた。

通り過ぎる時には、ほどほどにいたせ、と声を掛けた。厳格な道場生に見付かれば、また叱られることになる。お里久様、と喜八に呼び止められ、リクは振り返った。

「こうですか」

魚屋の丁稚が頭上で大きく両腕を広げた。法定の上半円を真似ている。

「……もう少し、爪先を伸ばせ」

リクは微笑み、そう助言する。「両足も、もっと広げて立つのだ。体を大きく見せよ」

喜八は嬉しそうに笑い、いわれた通りに上半円を繰り返した。

十

篠山藩邸に戻り御殿の玄関前を通り過ぎると中から足音が近付き、リクはそちらを顧《かえり》みた。見覚えのある灰色の髪の侍が建物を出ようとするところだった。堀内道場にも出入りする他国の藩士。裃《かみしも》姿の侍もこちらに気付くと深く頭を下げ、ご無沙汰致しております、と丁寧に挨拶した。

「当藩に何かご用ですか」リクが訊ねると、

「本日は、渡部家を訪れに参りました。詳しい話は……お父上から、お聞きくだされ」

初老の侍は再び腰を折り、「よくよくお考えになり、お返事をいただきたい」

返事、とリクが小首を傾《かし》げ、その意味を考えているうちに侍は去ってしまった。渡部家を訪れた客だというのに、誰の見送りもつけないこと自体が不思議だった。肩幅の広い、古武士のような男の素性をリクは思い出そうとする。

――伊予国《いよのくに》の今治《いまばり》藩士であったはず。

以前に道場内で見た男の、木刀での剣捌き。堂々と構え、技に重々しさが込められていた。そのわけを、他の門弟から聞いた覚えがある。

——須藤五太夫《すどうごだゆう》殿だったか。

リクの首筋の肌が粟立った。須藤の剣は堀内道場で培《つちか》ったものではなく——山田浅右衛門の門弟として鍛練した技だという。


奥女中用の湯殿から上がり襦袢《じゅばん》を着て帯を締め終えると外に控えた侍女から、旦那様がお呼びです、との声が掛かった。

——ようやく。

すぐに父から話があるはず、と待ち構えていたが、実際に呼び出されたのは随分と時刻が経った後だった。御殿と隣接する小さな屋敷へ戻ると書斎の前で正座し、一礼して襖《ふすま》を開けた。

中では半纏《はんてん》を重ね着した渡部嘉右衛門良政《よしまさ》が書状をしたためており、リクは部屋の隅で屏風《びょうぶ》に描かれた松と鴉《からす》を眺め、父の用事が済むのを待った。

嘉右衛門がようやく筆を置き、里久、と呼び掛けてきた。

「はい」

「そなたも、来年は十九となる」

その声には重みがあり、「そろそろ、若衆のような恰好はやめぬか」

須藤五太夫についての話、と考えていたリクは返答に窮し、

「……振袖を着ておりましては、剣の修練に障りがありますゆえ」

ようやく口にした言葉を父は聞かなかったように、「先ほど、同心がこちらを訪れた」

前方の屏風を見詰めたまま、

「また辻斬りが、人を殺《あや》めたという。斬られたのは御家人とその下男であったとか。昨日は小普請が殺され、その前にも何処かの藩士が斬られておる。全て市中の話じゃ。賊はどうやら無分別に斬り捨てているのではなく、はなから二本差しを狙っておるらしい」

水墨画の鴉と睨《にら》み合うように、

「いずれにせよ、そなたもこれからは伊達や酔狂だけで物事を行うには済まぬ歳となる。己のみならず御家のことも考えよ。これも一つの折じゃ。武芸など、今の世にいかほどの役に立つものか。まして女子《おなご》の身では、な」

リクは膝の上に載せた両拳を握り締める。素直に、はい、とは答えられなかった。

気持ちを落ち着かせ、ようやくリクの方から、

「先ほど、須藤五太夫殿と擦れ違いました」父の様子を盗み見ながら、

「お返事をいただきたい、とのことでしたが、いかなるご用事でしょう」

「今、須藤殿と関わってはならぬ」思いの外きついいい方で、

「須藤殿が、山田浅右衛門《やまだあさえもん》家に出入りしておるのは、そなたも知っていよう」

「はい」

「山田家が代々、いかなる仕事を生業《なりわい》としているものか、存じておるか」

「公方《くぼう》（将軍）様の御様御用《おためしごよう》（刀槍《とうそう》の試し斬り）を務める、と聞いております」

「他には」

「……罪人の斬首も請け負っている、と」

「左様。余業として、な……いや、その話はよい。山田家の問題は別にあるのだ。これは密事《ひそかごと》ゆえ、他言はならぬぞ」

驚き、頷いたリクへ、

「昨年、我が篠山藩では御当主の忠講様が急逝され、代替りした。その際の騒動は、そなたもよく覚えていよう」

「はい」

「先々代・忠高様の御次男、忠講様が家督を継がれてより、わずか四年の急死であった……まだ二十一歳とお若く、お世継ぎもおらぬ。次の御当主は弟君の忠裕《ただやす》様に、と藩内ではすぐに決まったが、御公儀への申し開きはそう簡単には参らぬ。嗣子《しし》のいないまま当主の死去した御家は、よくて改易。御上のご機嫌を損ねれば……断絶となる」

昨年の張り詰めた心地が、リクの胸の内にも蘇った。

「そのため篠山藩でも忠講様の死を秘し、忠講様と忠裕様の養子縁組の願書を御上へ届け出た。むろん我が藩の実情を幕府の要人へ金品とともに内々に伝え、漸《ようよ》う代替りを成立させたのだ」

リクが黙って頷くと、

「御上が我が藩の代替りを黙認したのにも、事情はある。御公儀はこれ以上、世間に牢人を増やしたくないのだ。三代将軍・家光《いえみつ》様により多くの藩が減封《げんぽう》・改易となった折、巷《ちまた》に溢れた牢人どもが軍学者・由井正雪《ゆいしょうせつ》の下、幕府の転覆を目論《もくろ》んだという。そのような事態を繰り返さぬため、今、御公儀は各藩を潰すのをよしとしておらぬ……だが、御家が潰れても牢人が出ぬのであれば、躊躇《ちゅうちょ》するいわれもない。よいか」

父の両目がこちらを見据え、

「山田家の当主、浅右衛門吉寛《よしひろ》殿はすでに亡くなっておる。二月ほど前の話だ」

言葉を失うリクへ、

「吉寛殿には世継ぎがおらぬゆえ、このままでは山田家は断絶となる。そのため喪を隠しておる。必死にな。山田家は代々、牢人身分で家臣はおらぬ。取り潰されても、人が江戸に溢れ出ることはない」

「……それなら」リクはようやく口を開き、

「刀の試し斬りは、今は全く行われていないのでしょうか」

「須藤殿が、代わりを務めておるのだ。山田吉寛殿の弟子の中で最も腕が立つのが、須藤五太夫殿じゃ。しかし須藤殿は今治藩士であり、齢《よわい》も五十を越えておるゆえ、山田家を継ぐことは適《かな》わぬ。そのため、以前より据物《すえもの》斬り（試し斬り）の稽古に通っていた紀州《きしゅう》徳川家の臣・瀬戸《せと》源蔵《げんぞう》なる者と養子縁組を結ぼうと目論んでおる。その根回しに……須藤殿は動き回っておるのだ」

「では、渡部家を訪れたのは」

「いうまでもない……篠山藩がどのように当主の急な逝去を乗り越えたか教えを請いに来た、ということじゃ。お役人から、我が藩の噂話でも聞いたのであろう」

御殿を去る須藤に、父が見送りをつけなかったわけがそれで分かった。渡部家はあからさまに、山田家と係わるのを拒んだことになる……ならば須藤のいう〝返事〟とは、どのような意味だったのだろう。

「養子縁組にも、御上のお許しがいる」父は苦々しい顔付きで、

「山田家は、試し斬りと首斬りで金子《きんす》をたらふく蓄えておるゆえ、各所にさぞ多額の賄賂を配ったことであろう。須藤殿の話では、山田家は源蔵殿を迎えたのちに吉寛殿の葬儀を行う心積もりであるという」

「……吉寛殿の亡骸は」

「すでに菩提寺の浄福寺《じょうふくじ》に納めておるそうだ。しかし当然、墓碑はない。里久、よいか」

眉間の皺が深まり、「いかなる用事であれ、今は山田家と関わるべきではない。須藤殿が根回しに失敗すれば、どのような騒動が持ち上がるか分からぬ。篠山藩も渡部家も、巻き込まれるわけにはいかぬのだ。そう心得よ」

リクは目を伏せ、はい、とようやく返事をした。

二

庭では中間たちが、荷車に積んだ米俵を縛り上げている。いよいよ救米《すくいまい》を運び出すものと見えた。昼餉ののち堀内道場へ出掛けようとしたリクは、門番の立ち話を聞いた。

――いや、それは噂ではない。

――左様か。ついに下手人は、気が触れたと見える。

――惨《むご》い話じゃ。女子供に手を掛けるとは。

「……真《まこと》か」

そうリクに話し掛けられた門番二人はいっそう熱心に語り出し、

「定廻《じょうまわ》りの同心から聞きましたゆえ、間違いありませぬ」

「昨夜は、四ツ谷《よつや》だそうです」

「これまではお侍ばかりが狙われておりましたが、昨日は尾張《おわり》藩の下女が殺されたとのこと。下手人はいよいよ気が触れておる様子」

「まだ娘御であったそうです。お里久様は、これからまた道場に参られるのですか」

「……そのつもりだが」

「では、お帰りの際はお父上とご一緒されるとよろしいでしょう」

リクは眉根を寄せ、「いかなる話か」

「お耳に入っておりませぬか」

門番たちは顔を見合せ、「嘉右衛門様は本日、堀内道場へ向かわれております」

困惑するリクへ、用向きは存じませぬ、と二人は口を揃えていった。

――父上は何のために。

まさか、私に剣術を辞めさせようと。しかし……それも少々急な話だ。

あの夜の面談以来、父とまともに顔を合わせるのは、気が進まなかった。救米を積んだ荷車と中間二人が出立しようと現れ、リクは、待て、とそれを留めた。

「本所へ運ぶと申しておったな。私も同道しよう」

「……何ゆえ、そのような」

安吉が訊ねる。リクは微笑み、

「用心棒につこう、というておる。昨今は何処も米不足じゃ。そのように大仰に運んでおれば、いかなる災いを招くやも分からぬ」

怪訝《けげん》な顔をする安吉へ、「少し、荷車を待たせてくれ。木刀と防具を置いて参る」

リクの本当の興味は、荷車とは別にあった。本所の先には、以前より足を運びたいと考えていた場所が存在する。

＋

隅田川《すみだがわ》を越えると洪水の痕跡――倒木や泥濘《ぬかる》みや固い轍《わだち》――が街道のあちこちに色濃く残り、救米を運ぶのも簡単にはいかなくなった。時折リクも荷車を押すのを手伝い、ようやく本所の松平家に米を届けて身軽になったが、中間二人が道端で何ごとか話し合っている。歩み寄ると二人から、中屋敷へご報告に参ってもらえませぬか、と相談された。

「思っていたより、だいぶ手間取ってしまいました」中間たちはおずおずと、

「中屋敷の大殿（忠高）様が大水について大変心配しておられるとのことで、この後どちらかが報告に参るつもりでおりましたが、この道を一人で荷車を引いて神田へ戻るのは難儀なことです。お里久様は大奥（大殿の奥方）様とも懇意にされておられましたゆえ、代わりに参っていただければお二方も喜ばれるものと……」

「よかろう。私が承る」リクはすぐに応諾した。

大殿と奥方の住む中屋敷は南西の青山《あおやま》にあって洪水の被害とは無縁だったが、それだけに上屋敷の詳しい話が聞きたいだろう。奥方からは、いつでも遊びに訪れるよう、別れ際に伝えられていた。当主の交代が無事に済み、洪水の騒動も落ち着きつつある昨今、そろそろ会いにゆきたい、と己でも考えていたところだった。北へ進み出したリクに中間らは驚き、

「何処へ向かわれるのですか」

「少し、寄るところがあるのだ」不安そうな二人へ、

「私に構わず、上屋敷に戻っておれ。日暮れ前に必ず戻る」

リクは立ち止まらず、歩みを進める。千住《せんじゅ》の小塚原刑場までは、ここからせいぜい一里（＝約三・九㎞）と少し、といったところだ。

リクの目的は初めから、刑場に晒された亡骸を目にすることにあった。

縄に囲まれた六十間（一間＝約一・八m）四方ほどの刑場の奥に梟木《きょうぼく》が置かれ、男の首が二つ晒されていた。粗末な小屋があり、その向こう側で幾人かの侍が話し込んでいる。曇り空の下では多くの鴉が飛び回り、時折舞い降りては梟首《きょうしゅ》を啄《つい》ばもうとするのを、刑場の下人が箒《ほうき》で追い払っていた。通行人の多くが恐々《こわごわ》と眺めつつ去ってゆく。

立ち止まって見詰めているのは、リク一人だけだった。小さく溜め息をつく。〝死〟を実見すれば得ることもあるのでは、と考えたのだが、二つの首は魂の抜けた青白い塊でしかなく、何かを教え示すような仏性を帯びたものではなかった。これでは……子供じみた度胸試しを行うため刑場を訪れた、というだけでしかない。

――剣の道とは、何の係わりもない。

リクは天を仰いだ。厚い雲が空を覆い、そのせいで陽が落ちるのが早まりそうだ。小塚原《こづかはら》刑場から去ろうとした時、敷地から二人の侍が出て来るのが見えた。リクは驚き、立ち止まった。須藤五太夫と、あれは――

――三輪文三郎殿。

思わず小走りに近寄ると二人とも意外そうな顔を見せたが、須藤の方は、所用があり申す、といい置き逃げるように去ってしまった。リクは文三郎へ一礼し、同じ堀内道場に通う者です、と伝えた。

「ご挨拶が遅れました。里久と申します。篠山藩右筆、渡部嘉右衛門の娘です」

文三郎は細面《ほそおもて》の顔をなぜか少し強張らせ、

「三輪源五郎です」

——文三郎、ではないのか。

源五郎《げんごろう》、との名乗りにリクは内心首を傾げる。湯長谷藩士であったはずだが、そのことに触れなかったのも不思議だった。改めて見れば源五郎の顔は目の周りが紅潮し、それでいて表情は虚《うつ》ろで、何か異様な印象だった。

「いかがされました」そう問い掛けると、

「いかが、とは……」

「道場でお会いする時とは、違うご様子でしたので」

「……そのように見えますか」

「刑場に何か、ご用事があったのですか」

「……用事。そうですね」目を伏せ、重い息を吐き出す。

「人を斬ったものですから」

梟木を振り返り、「あの者の一人を、私が。豊後《ぶんご》の臼杵《うすき》藩士で、親殺しだそうです」

——そういうことか。

須藤五太夫とともに刑場から出て来たわけも、それで分かった。源五郎は須藤とともに、首斬りの務めを済ませたところだ。しかし。

「……斬首役は、山田浅右衛門家の者が務める、と聞いておりますが」

「左様」熱に浮かされたように茫然《ぼうぜん》と、

「それがしは、山田家の門下生ですから。修業として、咎人《とがにん》の首を斬りました」

――源五郎殿は堀内道場だけでなく、山田家の門下生でもあったか。

リクは驚きを呑《の》み込み、「……いつから、山田家の門人に」

「以前の出府の際、父上の命により、据物斬りの修業をしておりました……とはいえ、その際は畳を重ねて立て、その合わせ目に刀を降り下ろす、という風な稽古でしたが」

「人を斬ったのは、此度が初めてですか」

「いえ……二度目となります」顔の赤みが薄れ始めたように見え、

「此度は気が高ぶりすぎましたゆえ、のちの試し斬りは見物だけにしました」

初めてリクに気付いたように、「お里久殿こそ、このような場所に何用ですか」

亡骸を見に来た、などとはいえず、

「……他藩へ救米を届けるため本所に出たので、もう少し先まで足を延ばしてみようかと。いつの間にか、このようなところまで来てしまいました」

リクは、湯長谷藩の上屋敷が赤坂《あかさか》にあったことを思い起こす。

源五郎の、魂を何処かに置いて来たような様子が気になり、

「私はこれから、青山の大殿様のところへ参るつもりです」

少し猫背の、細身の侍へ、「ご一緒に帰りましょう。道々お訊ねしたいこともあります」

道中の会話でリクは、三輪源五郎の生い立ちを聞いた。奥州湯長谷藩主である内藤《ないとう》家の臣、三輪源八《げんぱち》の次男であるという。

源五郎は陸奥国《むつのくに》で、鹿島神流《かしましんりゅう》の剣術を学んでいた。鹿島神流は直心影流と同じく鹿島神宮の神職、松本備前守政信《まつもとびぜんのかみまさのぶ》を祖とするが、稽古法は全く違い、薙刀《なぎなた》術や棒術も含み、素手による組み討ちまで行われるという。竹刀、防具は用いない荒稽古で、修業では生傷が絶えぬということだった。

リクは時折、源五郎の細い鼻梁《びりょう》に気難しげな小皺が寄るのを見た。会話を交わすうちに、表情の強張りが解けてゆくのが分かった。

源五郎の住まう屋敷は赤坂ではなく、意外なことに麹町《こうじまち》にあった。

門構えは立派だが町人地の中にあり、藩邸にしては随分と小さく見え、門番も見当たらなかった。リクが戸惑っていると、少々お待ちください、と源五郎は敷地の中に入っていった。

まだ暮れ六ツ（十八時）ほどのはずだが、辺りは急に暗さを増し、すでに商人も職人も店を閉ざして人の気配がなかった。源五郎が戻り、お持ちください、と火の入った提灯《ちょうちん》を差し出し、

「返さずとも結構です。お気になさらずに」

提灯には門の冠木《かぶき》と同様に、二枚の柊《ひいらぎ》の葉が向かい合う〝柊紋〟が描かれている。

――湯長谷藩の紋は、このようであったか。

「……ありがたく、お借りします」

疑問を覚えつつリクは提灯を受け取った。一人、半里ほど西の青山を目指す。

町人地から麹町の武家地に入り、紀州徳川家の上屋敷に沿って歩いた。紀州藩邸の表長屋が静まり返っているのは、当主が国元に帰り不在であるからに違いない。武家地にも人気《ひとけ》はなかった。

――今宵は、新月であったか。

真っ暗な空を見上げ、リクはそう考える。雲が星明かりも消し、辺りはすでに漆黒の闇に包まれていた。提灯の明りでは、一間先までがぼんやりと見通せるだけだ。

――今日は中屋敷に泊めていただこうか。

積もる話もあり、きっと奥方も拒みはしないだろう。父には叱られるだろうが、今からさらに神田の上屋敷に帰る気には……提灯に描かれた柊紋を改めて目にしたリクは、あることに気がついた。

――違う。

湯長谷藩内藤家の紋は〝下がり藤〟であったはず。湯長谷藩は一万五千石の小藩だが、初代藩主・政亮《まさすけ》は遠縁にあたる内藤忠勝《ただかつ》が四代将軍・家綱《いえつな》の法要の際に乱心し同僚の永井尚長《ながいなおなが》を刺殺したところを取り押さえたのを世に讃《たた》えられ、よく知られている。少なくとも、源五郎の入ったあの屋敷は……湯長谷藩とは係わりのない場所ということになる。

――では源五郎殿は一体、何処に帰ったのか。

小雨が降り始めたらしい。得心のいかぬ、曖昧な心地で闇の中を進み続けた。これほどの黒色の中、市中を一人で歩くのは初めてのことだ。

柳が異形に映り、四つ辻の陰に何かが潜むように感じる。首筋が粟立った。

――怖い。

己の気持ちをそう認めた時、背後に湿りけを含んだ足音を聞いた。

提灯を振り向けると、明りの中に袴と草鞋《わらじ》を履いた男の足が忍び入って来た。

――源五郎殿か。

奥に、人影が澱《よど》みのようにぼんやりとあった。

人影から、明りを薄《うっす》らと映す白刃が伸びているのを知る。

「何者かっ」

リクは怒鳴り、誰何《すいか》した。声は影に吸い込まれるように消えた。何の返答もなかった。

――辻斬り。

よもや今宵、己の前に現れるとは。いや。

――本当に辻斬りなのか。

リクは急ぎ提灯を地面に置き、刀を抜いて上段に構えた。しかし未だ、目の前にいる男が人斬りか否か、判断し切れずにいた。

相手の正眼に上げられた剣先が揺れ、闇に隠れた顔からはその呼吸が異様な高ぶりをともない、届いてくる。それでも……ただの酔客では、との疑いを消し去ることができない。

――迷うな。

酔客であれ刀を抜いた以上、その責は全て相手にある。

——酔客でないなら、一体何者が私を襲う。

まさか、という思いをリクは振り払った。心の中で上半円を描き、息を整えようとする。どうしても、柄《つか》を握る手が震えた。

影が、ゆっくりと隔たりを縮める。

——斬るのか。私が……人を。

相手の挙動に、迷いは窺えない。

——あるいは、斬られるか。

そう考えた途端、頭の中が白濁しそうになる。何の覚悟もできていない己を知り、愕然《がくぜん》とした。

相手との隔たりが、一間まで迫った……それでも
——踏み出せぬ。

焦るリクの前で、人影が剣先をわずかに上げ、大きく踏み込んで来た。

リクは咄嗟《とっさ》に半歩下がり、相手の刀を払った。

恐ろしい音が鳴り、一撃の重さが両腕に響き、常の稽古であればすぐに打ち込めるはずの次の一刀が振るえなかった。相手は刀を軽々と扱い、今度は大きく振り被《かぶ》った。

——剛力か。

抑えのきかぬ狂気を、その剣に感じる。リクはさらに大きく後ろへ退く。白刃の煌《きら》めきが目の前を掠《かす》め、相手の隙に刀を斬り上げようとするが、水の中にいるように鈍い一太刀となった。

間を置かず敵の袈裟斬りが襲い掛かり、リクは辛《かろ》うじて刀の鍔《つば》で受け止める。両腕が痺《しび》れ、相手の取り乱した笑い声が聞こえた。闇の中で、その両目が赤く光るようだった。鍔迫り合いとなり、獣のような体臭がリクの鼻を突いた。

——源五郎ではない。

彼と並んで歩いた時、リクが嗅いでいたのは雨の気配をまとう青草の香りであった。このような、人であるのを忘れた化け物とは、全然違う——

男の力に敵わず、リクは強く突き飛ばされた。

地面に背中から叩きつけられる。後頭を、硬い何かで打った。

——まずい。

意識が暗く陰ろうとする。相手が、嬉しげな足取りで近付いて来る。

——立ち上がれ。

己にそう命じるが、体は動かず、呼吸をするだけで精一杯だった。

微《かす》かに指先に柄の手触りを感じ、片手で必死に握り締め、闇へ向かい薙《な》ぎ払った。

手応えがあった、そう感じた途端、腕からも力が抜けた。滑り落ちるように、意識が暗闇の中へ沈んでゆく。

遠くで誰かが、己の名を呼んだ気がした。

三

暗がりの先、仄《ほの》かに見える波模様が何であるか、リクはぼんやりと考える。

見覚えのない天井の木目であると分かり、体を起こした。真っ暗だが、目は闇に慣れていた。布団に寝かされていることに気付く。襦袢を着ていたが、その匂いはやはり知らないものだった。

庇《ひさし》を滴る雨雫《あましずく》の音が聞こえた。立ち上がると、足下がふらついた。

――ここは、冥府《めいふ》であろうか。

リクは飾り気のない部屋をぼんやりと見回し、障子を開け廊下に出た。

ぽつぽつと雨垂れの音色だけが響いている。雨戸に手を掛けると滑らかに隙間が開き、広縁が現れた。雨は止《や》んでいた。わずかな星明かりが縁を照らし、辺りに生臭さが漂った。

庇に、小さな袋が幾つも吊るされている。

袋は寒冷紗《かんれいしゃ》で、そこに入った黒い何かから広縁に並べられた小皿へ、水滴が落ちていた。雨雫ではない……リクは片手で鼻を覆った。

――やはり、冥府か。

諦めに似た気分が起こり、雨戸と障子を閉め布団に戻ると、すぐに気怠《けだる》さがリクを再び黒色の中へ引き込んだ。

＋

次に瞼《まぶた》を開けた時には、木目が赤く明滅して見えた。首を巡らすと部屋の中に火鉢が熾《お》こされ、その傍らで見慣れた老女が正座のまま転《うた》た寝をしている。リクが起き上がり、お留《トメ》さん、と呼び掛けると、中屋敷の侍女が目を覚ました。こちらを見ると、

「おお、気付かれましたか」

溜め息を大仰について居住まいを正し、

「ご無事ですか。まずは、よろしゅうございました」

「……ここは」

「ああ、そうですね。正体を失われておられたのですから、お分かりにならぬのも当然……ここは、山田家の客間でございます」

「山田家、とは」

「山田浅右衛門家ですよ」

思いもかけぬことだった。トメへ、

「なぜ、私が山田家にいるのですか」

「三輪源五郎様が、運ばれたのです」

眉をひそめるリクへ、「順を追って、お話し致しましょう」

トメは内緒話をするように躙《にじ》り寄り、小声でリクにいきさつを伝えた。

三輪源五郎はリクと別れたのち、雨が降り出したことに気付き、傘を持って後を追ったのだという。すると紀州藩の上屋敷辺りで騒ぎが聞こえ、駆けつけると提灯が地面に転がり、それに照らされていたのが倒れたリクと、向こう脛《ずね》を断たれのたうち回る辻斬りだった。リクは路傍の石地蔵に頭を打ちつけたと見え、ぐったりしていたという。源五郎は騒動を聞きつけてやって来た辻番たちに、下手人の捕縛と奉行所への報告を頼み、リクを抱えてここまで運んで来た、という話であった。

その後、リクが女人であるため源五郎は須藤五太夫へ使いを出し、須藤の新造《しんぞう》（妻）に山田家の留守番を依頼し、自身は須藤とともに、ことの次第を述べるため奉行所へ向かったまま未だ戻っていない。篠山藩の中屋敷へは、山田家の小者が知らせに来た、という――

「お里久様が中屋敷へ向かうと仰《おつしや》っていたのを、源五郎様がお聞きになっていたということで、知らせに向かわせたそうです」

――己が気を失っている間に、それほど色々なことが。

「それで……中屋敷の奥方様が、お留さんをここに遣わされたのですか」

「はい。奥方様だけでなく大殿様も大層ご心配されておりましたゆえ。しかしこれで、一先《ひとま》ずはご安心されることでしょう」

「……ここは山田家の客間ということでしたが、それは麴町の」

「左様です。源五郎様は、この家の前でお里久様と別れた、と申されておりました」

源五郎が入った家は、湯長谷藩とも三輪家とも係わりのない、山田浅右衛門宅だったことになる。

トメへ、「ここまで私を、源五郎殿が運ばれたというお話でしたが」

　リクは己の襦袢姿を見て、急に恥ずかしくなった。胸元の襟を整え、

「お留さんが、私を介抱して下さったのですか」

「いいえ。須藤家の御新造様です。須藤様とともに普段から山田家に出入りしており、医術にも多少の心得があるということで。山田家は……丸薬を作っておりますでしょう」

――丸薬。

　それは、有名な話だ。山田浅右衛門家では万病に効くという〝慶心丸《けいしんがん》〟なる飲薬を作っている。その元種は……人の胆《きも》であるという。

――あれは、幻ではなかった。

　夢うつつの中で見た光景。人気《ひとけ》がなかったのは、丁度源五郎も小者も不在で、リク一人であったためだろう。庇の下に並んだ寒冷紗の小さな袋。あの中に入っていたのは――

「御新造様のお話では、お里久様の様子をご覧になって、呼吸に乱れもなくまずご無事でしょう、とのことでした。念のため後頭の傷に膏薬《こうやく》を塗っておいたそうです」

　膏薬、と呟き、リクは塗り薬であることにほっとする。後頭を触ると瘡蓋《かさぶた》があり、そこが石地蔵とぶつかったところだろう。こぶになっており、指で触れると鈍痛がして顔をしかめたが、他の怪我はなさそうだ。トメへ、

「御新造様はもうお帰りになったのですか。まだいるのなら、一言お礼を申し上げねば。それに、中屋敷へもご心配をお掛けしたことを……」

「今はもう遅うございます。御新造様も他の部屋で休んでおられますよ。お里久様の様子は私が看《み》ます、とお伝えしましたゆえ。ですが」神妙な口振りとなり、

「御新造様は話し好きのお人柄で、休まれる前に、様々なことを伺いました」

「今、山田家は色々と大変な時、と聞きましたが」

「そのことです」トメはいっそう声を潜め、

「山田家は先代の吉寛様が亡くなられ、〝源蔵〟なるお方を養子に迎えることが決まったそうです。御公儀にも内々でお伺いして許された、と」

山田家はどうやら、取り潰しの危機を免れたらしい。己のことのようにリクは安堵し、

「……それは、よかった」

「いえ、そう簡単に話は終わらぬのです。源蔵様は……剣の腕がよろしくないのだとか」

「山田家の当主となる方が」

「はい。何でも源蔵様はつなぎだそうで。まずは御家を存続させ、その上でさらに山田家に相応《ふさわ》しい世継ぎを探す、との策であるとのこと……ですから本命は、さらに次の養子となるお方なのです」

まさか。リクは息を吞む。

その養子とは――

「源蔵様の御養子となるのが、湯長谷藩士であった三輪源五郎様。お里久様をお助け下さったお方です。源五郎、という通り名も養子になることが決まって改めたといいます。〝源〟や〝五〟という文字が代々、浅右衛門を継ぐ前につけられる習わしだそうです」

――そういうことであったか。

三輪〝文三郎〟が〝源五郎〟となったのは、山田家に入るための備えであったのだ。そして――

「――源五郎殿は、剣術に優れているのですか」

「よい跡継ぎが見付かった、と須藤様も大層お喜びだとか。御新造様によれば、源五郎様は一見すると優男のようですが、剣の腕は相当なものという話です。また、試刀術では重い切り柄《づか》というものを握るため、腕力も鍛えられていると聞きました。ゆえにお里久様をここまで抱えて来られたのも、当人にとって造作もないことのはず、と」

リクは己の頰が赤らむのを感じる。トメへ、

「となれば、山田家の御当主はまず源蔵殿、ということになるはずですが……この屋敷におられるのですか」

「それが、源五郎様が山田家に入られることが決まり、早々に同じ麴町内の平河町《ひらかわちょう》に本家を構えられてしまった、という話です。今この屋敷は源五郎様と小者だけがおり、しかし丸薬を作るなど家を取り仕切るために、須藤家の方々が始終出入りされておるそうです」

須藤の御新造も山田家の悶着《もんちゃく》が片付き、口が軽くなったものらしい。トメの方も中屋敷の穏やかな暮らしに退屈していたのだろう、似た年齢の女人二人が話し込む姿を、リクは容易に想像することができた。

「ですが……お里久様が、ご無理なものはご無理、と仰ることは間違っておりませぬ」

トメは大きく頷き、「御新造様は大変残念がっておりましたが、だからといって、何もお里久様

が人斬りの家に嫁ぐいわれはありませぬ」

「……何のお話ですか。嫁ぐ、とは」

「聞いておりませぬか。御新造様が、お里久様がご縁談をお断りになった、と口惜《くや》しがっておられたものですから。お里久様の寝顔をご覧になって驚いておりましたよ。これほどお綺麗《きれい》とは思っていなかったのでしょう」

「私に……源五郎殿との縁談があったのですか」

「ええ。お里久様が知らぬのなら、嘉右衛門様がお断りになったのでしょう。それは、よいことです」

――よくよくお考えになり、お返事をいただきたい。

上屋敷を訪れた須藤がいった言葉。あれがまさか、縁談であったとは――

「養子探しに苦労されたものですから、須藤様は源五郎様には早く嫁を、と焦っておられるのです。須藤様は同じ堀内道場の門下生、ということでお里久様に白羽の矢を立てたのでしょう」

トメが顔をしかめ、

「此度は確かに、お里久様は山田家にも源五郎様にもお世話になりました。ですが、だからといって、嫁入りはまた別のお話です。いくら山田家がお金持ちでも、このような気味の悪い……噂では、人を斬った後は幽霊が出るのを恐れて、一晩中屋敷の明りを点けて起きているのだとか」

「山田家はお金持ちなのですか」

「御公儀だけでなく、様々な藩の試し斬りを請け負っているそうです。何でも噂では……一万石に匹敵する財を持っている、と」

「まさか」

リクは突拍子もない話に呆れてしまう。篠山藩の江戸詰右筆である渡部家の家禄が百石にすぎないのだ。リクは斬首を終えた源五郎の顔を思い起こす。もし本当に人を斬った後に一晩中起きているのだとすれば……それは気が高ぶって眠れぬ、ということではないか。

「お金持ちでも山田家は、紛《まご》う方なく人斬りの家系です」

トメはリクへ念を押すように、

「かつて、大岡越前守《おおおかえちぜんのかみ》様が何代か前の浅右衛門様に忠言されたそうです。竹を切っても露に濡れる、人を斬れば災いで身が濡れるぞ、と。山田家が跡継ぎに恵まれず、養子を何度も迎えること自体、そのお話を証明しております。業《ごう》を負っているのです」

——業。

しかしそれは、何の業なのか。侍とは元々、人を斬るのが生業ではないか。

「……源五郎殿が山田家の御当主になれば」

リクは反発したくなり、

「新たな血と入れ替わることとなり、流れも変化するのではありませんか」

「いいえ」トメはきっぱりと、

「源五郎様の母上は、三代目山田浅右衛門の娘とのことにございます。決して山田家と無縁ではありませぬ。お里久様」

きつい声色を作り、

「あなた様が少々向こう見ずな質《たち》であるのは、私も奥方様も知っております。ですが篠山藩にお生まれになり、学問奨励の家風を受けてお育ちになったのです。先の見通せぬ愚かな女人ではございますまい。この縁談、決して受けてはなりませぬよ」

「……受けるつもりがあって、いったのではありません」

こちらを赤子の時分から知るトメの率直なものいいに逆らい兼ね、リクはそう返答した。

トメは一通り話し終えると満足したらしく、リクの隣で寝入ってしまった。

リク自身は布団の中で目が冴え、微睡《まどろ》むこともできず朝を迎えた。朝五ツ（八時）になっても源五郎と須藤が戻らないため、不作法とは思ったが、須藤の新造にだけは礼を伝え、トメとともに山田家を辞し、まずは青山の中屋敷へ赴いた。新造の話では神田の上屋敷へも、先ほど小者を知らせに遣わした、ということだった。

中屋敷では、奥方のみならず大殿までが御殿の玄関先に姿を現し、リクの無事を喜んだ。挨拶のちはすぐに父の許《もと》へ戻るつもりだったが、奥方はリクを中に上げてなかなか離そうとせず、昔と近状を語り合って、結局昼餉まで一緒に頂くことになった。早く帰らねば、という気持ちのある一方、奥方と語らうことで、ようやく人心地がついたのも確かだった。

昼八ツ（十四時）頃、上屋敷に戻った。リクの帰宅を知った門番が敷地内へ声を掛けると、中間や奥女中たちが集まって来た。中間頭の安吉が門前に座り込み、此度の災難はそれがしの咎、と己をなじり、リクが咎はこちらにあると宥《なだ》めても、なかなか納得しようとしなかった。やっと落ち着かせ御殿に入っても、怪我はありませぬか、他に無法はされませんでしたか、と奥女中や侍女がまとわりつくのを、大事はない、と何度も伝えて遠ざけ、ようやくリクは右筆部屋の前に着いた。


「ただ今戻りました」

帰参の挨拶をして面《おもて》を上げると、ようやく対面した父の顔も心なしか青く、

「怪我はないか」

「ありませぬ。倒れた際に後頭を打ちましたが……今は正体もはっきりしております」

「念のため、御殿医に診てもらうがよい」重い溜め息をつき、

「今日より、夕七ツ（十六時）より帰宅が遅れることは許さぬ。左様心得よ。いくら辻斬りを己で仕留めたとはいえ、そなたは女子。中間どもには、よくよく申し聞かせておいたが……」

――仕留めた、といえるのであろうか。

闇雲に振った刀が辻斬りの向こう脛を断った、というにすぎない。リクは、中間たちのせいではありませぬ、と伝え、

「中間と分かれたのち胆力を養おうと小塚原刑場へ寄り、そのために遅くなったのです。そして、お聞き及びかと思いますが……此度は三輪源五郎殿に救われました」

「……聞いておる」

「改めて、山田家にはお礼のご挨拶に向かおうと考えています」

「そなたがゆくまでもない。中間頭か侍女を向かわせよう」

「それは、重ねての非礼となりましょう」

リクは思わず強い口振りになり、「源五郎殿との縁談を父上が断られた、と山田家で聞きました。何ゆえ、私に相談されなかったのですか」

「……別の縁談があったのだ」

「それは、どなたですか」

父は咳払いを一つして、

「向井重之助殿だ。同じ堀内道場の門下生ゆえ、そなたも知っていよう」

――重之助殿、と。

リクは驚くとともに、昨日、父が堀内道場を訪れたわけを悟った。怒りが込み上げ、

「……順序が逆にござりましょう」

己と係わりのある話だけに、はっきりさせねば気が済まず、

「源五郎殿から縁談を持ち込まれ、それをお断りするために、父上は別の相手を急ぎお探しになったのです」

黙り込む父へ、「なぜ、堀内道場の門下生から婿を選ぼうとされたのですか」

「……そなたより弱い夫では、そなた自身が納得せぬだろう」

「夫と剣の道は、別のお話です。たとえ同じであったとしても……何ゆえ重之助殿は迎え入れ、源五郎殿は拒まれるのですか。源五郎殿も、腕の立つお方と聞いております」

「源五郎殿は、山田家の養子となることが決まっておる」

「それが、いかがされましたか」

「そなたは、首斬りの妻になりたいか」

言葉に詰まるリクへ、

「そもそも山田浅右衛門家は、代々牢人の身分。渡部家は小禄とはいえ、ここ江戸で藩主のお側にお仕えする右筆である。重之助殿は、幕府の先手弓組。与力であっても二百石を御公儀から頂戴されておる。そして先手弓組は世襲の譜代席。その役柄から功を立てる機会にも恵まれ、さらなる出世もあり得る。一方は譜代席、一方は牢人。どちらを婿に選ぶか、考えてみるまでもない」

ふと顔付きを緩め、

「これは、一人娘の幸せを願う親心というものだ。そなたがここ上屋敷で生まれてこの方、ずっと傍に置いていたが……来年には、十九となる。そろそろ、親元から巣立つ折じゃ」

背筋を伸ばし、

「向井重之助殿との縁談、すでに向井家へ内々にこちらの意向を伝えたところ、悪くない応じようであった。重之助殿とはきっと、まれな良縁となるであろう。この話進めるぞ。よいな」

リクは面を伏せ一礼したが、応諾の返答はできなかった。頭越しに話が進んでいたことが不快でもあり、叱られようとも一言口答えをしなければいられない気持ちだった。

不満を述べようとした時、お役人様が参られました、との侍女の知らせが襖の向こうから届いた。

後頭の腫《は》れを御殿医に診せたリクは、手足の痺れがなければ動いてもよい、との言葉を得た。お役人とは南町奉行所の吟味方与力のことで、昨夜の辻斬り騒動の当人であるリクの様子を見に来たのだという。昨日の話を少しでも耳に入れるため訪れたのだったが、リクの体の具合に問題がないと分かり、ならば直《じか》に奉行所で町奉行に委細を述べてもらう、ということになった。

頭を打ったこともあり駕籠《かご》に乗って頂こう、と与力がいい出すと、篠山藩右筆の娘であるから、と留守居役《るすいやく》により藩の権門駕籠を用いることを許され、リクが口を挟めぬまま、中間らがそれを担ぐ大仰な仕様となった。

リクを乗せた駕籠は江戸城の外堀を渡り、数寄屋橋《すきやばし》御門内の南町奉行所に入った。

建物の奥の座敷に案内され、張り詰めた心持ちで待っているとすぐに南町奉行の山村信濃守良旺《やまむらしなののかみたかあきら》が現れ、リクの前に座った。山村は柔和な顔立ちの老人だったが、京都西町奉行だった際には、横領に手を染めた口向《くちむき》(朝廷の事務方)役人を果断に処罰したことで知られる。

山村はまず女子の身で帯刀するわけを訊ね、堀内道場にて修業中であり、脇差代わりの懐剣《かいけん》と長刀を腰に差していると知ると、それ以上問い詰めることはなかった。リクは山村を相手に、辻斬りと相対したが突き倒され気を失ったこと、その間に三輪源五郎に助けられ、麴町の山田家の世話になったことを正直に話した。山村は一々頷きながら話を聞き、神妙な面持ちで、

「すると……そなたは、気を失ったのちのことは全く覚えておらぬというのだな」

「はい。倒れながら、いたずらに刀を振り回し、何処かに当たった手応えはありましたが……それ以上のことは、分かりません」

「見事に、相手の脛を割っておったぞ」

――あの闇雲な一振りが。

リクはほっとする。剣技とはとても呼べぬような足掻《あが》きでも、無駄ではなかったらしい。

山村は、「では、駆けつけた三輪源五郎のことも見ておらぬのだな」

「見ておりません。源五郎殿は、まだ奉行所におられるのですか」

「いや、朝方帰った。そなたとは入れ違いか。では昨夜の源五郎の振る舞いも、何も目にしておらぬのだな」

「私は、正体を失っておりましたゆえ……源五郎殿が、何か」

リクは、町奉行の口振りに違和を感じるが、

「いや」山村は頭《かぶり》を振り、

「そなたの言葉、三輪源五郎の話とも下手人への調べとも齟齬《そご》はない」

「下手人とは、いかなる素性の者でしょう」

「紀州藩の番士であった。己や仲間の刀を研ぎにゆく、と口実を作り、何度も外に出ていたらしい。

昨日は雲が厚く暮れ方となるのも早く、下手人にとっては絶好の夜じゃ」

「……その者は、いかような処分となるのでしょう」

「紀州徳川家は御三家なれど他藩ゆえ、身柄を渡し仕置も任せることとなる。が……斬首は免れぬであろう」

これで、辻斬りの始末がついたことになる。リクは南町奉行の渋面を見て取り、

「……他に、ご不審なところでも」

「いや、何」山村信濃守は躊躇《ためら》う口振りだったが、

「そなたはこの件に関与する当人ゆえ、披露してもよかろう。ただし、他言は無用じゃ。実はな……此度捕らえた番士は、尾張藩の下女を斬った下手人ではあるが、それより以前の殺しとは係わりがない」

驚くリクへ、「番士は辻斬りの話を聞きつけ、己の血の高ぶりを抑え切れずついに殺人を真似た、という。同じく血に魅入られた者ではあるが……別人じゃ」

「されど、それは……」

町奉行の話に割り込んでいると気付いたリクが口を噤《つぐ》もうとするが、山村は、

「よい。申してみよ」

「……はい。それは、番士が己の罪を少しでも軽くするための方便、ということはありませぬか」

「そなたの疑い、もっともなこと。これも市中には知られておらぬ話だが……下女以前に斬られた者は三人。駿河台《するがだい》で仙台藩の侍。本郷で小普請。再び本郷で御家人。皆が士分だが、同じであるのはそれだけではない。三人の亡骸からはどれも、胆が抜かれておったのだ。下女にそのような跡はなかった」

――胆が。

リクは昨夜、夢うつつの中で見た光景を思い起こす。

山田家の庇に吊るされていたのは、まさしく――

「初めはそのようなことは分からなかったのだが、一人目の亡骸には幾つもあった傷が二人目、三人目と少なくなり、それで気がついた。三人目は肩から袈裟斬りにされた致命傷の他に、腹に一つ深い刺し傷があり、不審に思った吟味方が蘭方医を呼んで調べさせたところ、胆だけが切り取られておったのだ。一人目、二人目の亡骸も検《あらた》めさせると、同様であると明らかになった」

「……番士の仕業ではない、と」

「蘭方医が申しておったのは……胆だけを狙って切り取るには相応の知識がいる、とのことだ。蘭学を学んでおらぬ町医者は臓腑《ぞうふ》について詳しからず、もし書物で知ったとしても、実際に取るのは簡単ではないという。ゆえに蘭方医の中に下手人がいるのでは、と考えたが……今のところ、それらしき者は見付かっておらぬ」

山村は独り言のように、「蘭方医の他、このような所業を行える者がいるのであろうか。そもそも……何ゆえ、胆を欲する」

リクはその言葉にはっとする。山村が先ほど三輪源五郎の振る舞いについて訊ねたのは、山田家の者を疑っているためではないか――

「いや、そのような話はそなたと係わりがない」

南町奉行は柔和な顔を取り戻し、「渡部里久が辻斬りを逆討《さかう》ちにしたこと、実に見事であった。

怪我もある中、呼び立てて手間を取らせた。しばらく養生するがよい」

中間に案内され、奉行所の玄関口へ向かう途中、思いがけず堀内道場の若先生と擦れ違った。咄嗟《とっさ》のことにリクが会釈をすると、若先生も軽く頷き返し、奉行所の与力らしき裃姿の侍らとともに奥へと去っていった。

堀内道場が奉行所に何の用事か、と不思議に思いつつリクは南町奉行所を辞去した。


「どうしても駕籠には乗らぬ、と仰るか」

奉行所の門前でそう怒りを露《あらわ》にする安吉へ、

「これより麹町へ、昨夜のお礼を一言申しに向かうだけだ。仰々しい装いでは先方の迷惑となろう」

リクは顔をしかめ、「それに……駕籠で揺られておると、何やら昨夜頭を打ったところに響くように感じられてならぬ」

その話は嘘だった。三輪源五郎と会うのに余人を交えたくないというのが本音だったが、

「そもそもお主らは篠山藩の中間であって、渡部家の家来ではない。御公儀のご用事ならともかく、右筆の娘をこれ以上世話するのは、ゆきすぎというものだ」

そう話しても中間頭は、ならば手前一人でもお供致します、と譲らなかった。リクは仕方なく安吉の同行を許し、他の中間らに駕籠を篠山藩上屋敷へ戻すよう伝えた。

「まだ陽は高い」リクは薄曇りの空を見上げ、

「礼を申すだけだ。必ず、暗くなる前に戻る。父上と御留守居役様にそう知らせてくれ」

＋

山田家の玄関口には三輪源五郎自らが応対に現れ、その顔を見たリクは、己の心がひどく揺らぐのを認めた。昨夜は、と口にしたまま次の言葉がうまく出なかった。源五郎は縁談の相手であり、命の恩人であり、本物の——意味合いは様々であれ——人斬りなのだ。

何の土産《みやげ》も携えず訪れてしまったことに気付くが、とにかく礼をいおうと口を開きかけた時、背後に物音を聞いた。何か、生臭さらしきものが届いた。

「……蔵は開いておる。入れておいてくれ」

源五郎がそう声を掛けたのはリクではなく、その後ろの門前に荷車を停めて立つ、帯縄を締めた刑場の下人二人だった。荷車に載せられた俵は形が歪《いびっ》で、米や炭が入っているようには見えない。俵の隙間から灰色の何かが覗いている——リクはその中身を察し、ぞっとした。

——あれは、人の爪先だ。

下人二人は頭を下げ、黙って荷車を庭の蔵へ向けた。源五郎がリクへ、

「……薬に用いるためのものです」

目を伏せ、「この家は、あなたのような方が来る場所ではありません——」

——そういうことであったか。

大名家でもない屋敷の門に家紋が描かれている、そのいわれ。文字の読めない刑場の下人らが亡骸を運ぶ先を、違《たが》えぬための印。

山田家を退出したリクは、呆然とした足取りで藩邸へと帰った。道すがら安吉が血の気の失せた顔で、恐ろしい御家でした、とぽつりといった。

四

小石川の階段坂を登りながら、リクはまた三輪源五郎について考えていた。

山田家の玄関先で源五郎と別れてから、すでに二月が過ぎている。その間に、山田家の家督は無事源蔵に譲られ、先代吉寛の葬儀も執り行われた、という話だけが耳に入っていた。

——源五郎殿は、どうされているだろうか。

山田家の養子となるという話だったが、あれ以来、源五郎も須藤も堀内道場に姿を見せず、事情を知ることはできずにいた。

リクにとってもう一つ気掛かりなのは、向井重之助との縁談だ。この二月の間に事態が進む様子はなく、リクは内心ほっとしていた。重之助のことは兄のように慕っていたが、婚姻となるとまた話は違う。夫婦となるのは想像ができず、そのような将来を考えることさえ憂鬱《ゆううつ》だった。

——重之助殿は、この縁談を知っているのだろうか。

重之助とは道場でよく顔を合わせており、稽古もともにしていたが、そのような話を持ち出されたことは一度もなかった。道場内で噂になったこともない……リクは小さな吐息を漏らす。

——これから、道場内の剣術仕合であるというのに。

例年であれば仕合は午前から始まるのだったが、此度は昼八ツに行われると決まった。

仕合ののち中屋敷へ年末の挨拶に参上し、そのまま一泊することになっている。遅参すればまた大殿や奥方を心配させるだろう。今も辻斬りは捕らえられていなかった。さらに三人の士分が殺され、内二人は並んで歩くところを立て続けに襲われた、と聞いている——剣術に専心し切れない己に、リクは苛立《いらだ》った。

この日のために稽古を重ねてきたというのに。何か、晴れぬ靄《もや》の中にいるような心地だった。

道場に着いたリクは控えの間で身支度を整え、稽古場に足を踏み入れた。すでに建物の中には大勢の門下生が集い、板壁に沿って着座していた。上座の中央には道場主の源太左衛門が座り、その両脇を若先生ともう一人、素性の分からない中年の侍が陣取っている。門下生の中にも、これまで見た覚えのない者が多くいた。

——此度の催しは、何か様子が違う。

不審の思いで道場内を見回すリクは、人の輪の中に三輪源五郎の姿を見付け、思わず膝に目を落とした。己の胸の高鳴りに驚いていると、リクの隣に大きな気配が起こった。腰を下ろしたのは、向井重之助だった。

「ようやく、この日が来ました」

はい、と受け答えしながらも、稽古場を挟んで対面に座る源五郎のことが気になってならない。

背筋を伸ばし、色白の顔を俯《うつむ》き気味に静かに座る様子は、一月前と少しも変わらない。

――あれから、幾人の首を斬られたのか。

今では、斬首の剣技を知るのは山田浅右衛門家の者に限られている。幕臣や町人以外にも斬罪・死罪となる者はおり、他藩からの依頼も多いと聞く。山田家の跡継ぎが、首打役《くびうちやく》を務めぬはずがなかった。

――業を負っている……のだろうか。

戦のない世で、本来なら人を斬るため存在する武士の、その業を――あるいはリクの業を――源五郎が一人、負っているように思える。

――考えすぎだ。

リクは小さく頭を振る。試し斬りも首斬りも源五郎の生業、役目というだけのこと……なればこそ、もっと話が聞きたい、と思う。源五郎自身の話が。それに、しかと確かめたい事柄もある――

「……拙者は今日、堀内道場門下生の随一となる所存」隣から厳かな声がし、

「そののち正式にこちらから、縁組のお話を渡部家へお伝えしたい」

重之助の言葉にリクははっとし、横に座る兄弟子の顔を見上げた。

「前々から、考えていたことです……まず拙者がお里久殿に相応しい者であると証明してから、お話をお伝えしようと」

重之助の顔が紅潮しているのは、仕合に臨む意気込みからだけではないらしく、

「お里久殿には拙者が相応しく、拙者にはお里久殿が相応しい、と思っています」

リクは口元を引き結ぶ。

まるで、二朱銀《にしゆぎん》と金の両替の話を聞かされている心地だった。

「お里久殿は……ご不満でしょうか」

いえ、とようやく重之助へそう答えた。何か、形にならない想念が胸の内で渦巻いている。

あるいは、直に刀を交えたら――この靄も、晴れるかもしれない。

面を上げる。源五郎と目が合った。

――三輪源五郎殿とも。

実際に人を斬った剣技がどのようなものか、仕合の中で知ることができれば。

＋

今日の仕合に参加する者は全体の三割ほど、リクを含めた三十一人の門下生だ。四組に分かれ、くじ引きでリクはその二組目と決まった。三輪源五郎と向井重之助は四組目となり、そこに交じることができなかったのは残念だったが、すぐに気持ちを引き締め直した。

――まずは、目の前の相手に勝たなければ。

一組目を勝ち抜いたのは、加賀《かが》藩士の池内善助《いけうちぜんすけ》だった。力強い太刀筋で、時を掛けず三人を一息に抜いてみせた。

己の番となったリクは面を被り、竹刀を持った。対峙したのは小普請の坂本藤兵衛《さかもととうべえ》で、三十半ばほどの小兵であった。リクはひどく張り詰めた心地でいたが、防具越しに見た相手の目も血走っており、上段に構えた竹刀が震えているのを認めると、己の腹の底に落ち着きが生じるのを感じた。

リクは振り被っていた竹刀を縦に引き寄せ、脇を締めて八相の構えを作る。それを、戦いが長引く兆し、と捉えた坂本が無意識に姿勢を崩した。その気の緩みを見逃さず、リクは素早く飛び込んで面を打ち、一本を取った。道場内に、どよめきが起こる。

二人目の相手もこちらを警戒し、リクが前後に少し動く度に大きく応じ構えを乱したため、容易に勝ちを得ることができた。対戦相手らの様子に、リクは違和を覚える。

――動きが鈍い。

気負いのためかとも考えたが、三人目の徳島藩士・吉村平助《よしむらへいすけ》と相対した時、その目に恐れの色が走るのを知り、彼らが及び腰となるその源を悟った。

――脅えているのだ。この私に。

そのわけも理解できる。渡部里久は辻斬りを討ち取った、との話が事実以上に、彼らの中で膨らみきっているのだ。

――皆、私を一角《ひとかど》の剣客として見ている。

実際には、突き倒されて苦し紛れに刀を振り回した、というだけであるのに。相手の恐れは、こちらの心の錘《おもり》となるらしい。上段に構えたまま相手との隔たりを素早く詰めると、動揺が吉村の足取りに表れた。焦って放った一撃をリクは半歩下がって躱《かわ》し、その小手を竹刀の先で強く打った。

「一本」乾いた音とともに、堀内源太左衛門の声が道場内に響く。

三組目の勝者は、町同心の小川久七《おがわひさしち》と決まった。四十歳を越えた古株の小川は途中息が切れ手数が減ったようにも見えたが、八相の構えからの片手打ちが冴え、対戦相手が足りない分を省かれたこともあり、二人を抜いて三組の一等となった。

四組目の仕合が始まり、三輪源五郎と向井重之助はともに二人を勝ち抜いた。重之助が勝ち上がるのは妥当と思えたが、驚いたのは源五郎の剣技だった。堀内流は正眼を守りの構えとし、上段と八相、中でも上段を相手の変化に応じた形として得手とする。源五郎はそれと違い、正眼に竹刀を据えて動かず、相手の斬り下ろしをわずかな動きで避けると体ごとぶつかり、押し切るように床へ倒し、その動きを封じたのだった。一連の動作は滑らかで、恐らく柔術の技が組み込まれたものだろう。二人目も、袈裟斬りを捌いて胴を打ち、見事に一本を取ってみせた。

――三輪源五郎は、驚くべき手練《てだ》れだ。

二人がいとも簡単に倒され、道場内が静まり返った。小声が、さざ波のように広がる。新参者に好意のある様子ではなかった。

そして、四組目の最後に向かい合ったのは――三輪源五郎と向井重之助。

源五郎は正眼に、重之助はやはり上段に構え、二人は対峙した。力では一回り体の大きい重之助が優《まさ》るだろう。技は源五郎の方が上手《うわて》では、とリクは考える。

二人はおよそ一間の隔たりを置き、動かなかった。道場内の全ての者が息を呑み、勝負の行方を見守った。道場の窓から覗き込む喜八に、リクは気付く。

こちらの気が逸れた刹那、重之助が動き、勝負は瞬く間に決した。

重之助の打ち込みに源五郎が鋭く応じ、その竹刀が小手を捉え、と同時に面を打たれる大きな音が響いた。源五郎が小手を取るのがわずかに早かったように見えたが、道場主は重之助の面打ちを一本と宣言した。

――本当に、そうか。

これが実地の斬り合いであれば、先に指を落とされるか腱を断たれるかしたはずの重之助の一刀はその勢いを失い、源五郎を倒し得なかったのでは――

三輪源五郎は何の不服も口にせず、丁寧に頭を下げ、引き下がった。リクは面を脱ぐところを見ていたが、やはりその顔に不満は浮かんでいなかった。

リクは次に、一組目の勝者である池内善助と向き合った。池内はリクの剣技を恐れるように、立て続けに竹刀を振り下ろして迫った。何度かうまく捌き、逆に仕掛ける機微が見えたように思ったが、結局は力で押し切られてしまった。娘相手に腕力で……と他の門下生からの文句が耳に入った。しかしリクは、善助が卑怯だとも武士らしくないとも思わなかった。女だからとて手心を加えられる方が、よほど悔しいだろう。

向井重之助が小川久七を難なく破り、最後は池内善助との仕合となった。両者ともに力強く竹刀を振り、互いに呼吸を荒らげる激しい戦いとなったが、剣の腕そのものの差が次第に明らかとなり、やがて池内の方が先に疲れ果て、重之助に竹刀を叩き落とされ決着がついた。

――しかし、技の優劣なら。

リクはそう思わずにいられない。剣技だけであれば、三輪源五郎にこそ軍配が上がったのではないか。重之助がリクの隣に戻った。お見事でした、と伝えると重之助は頷き、胸を張った。いつの間にか、窓から喜八の姿が消えていた。

仕合を終えたのち、門下生に食事が振る舞われるのは例年のことだ。稽古場に車座となった門下生たちの前に膳が並べられたが酒の用意はなく、皆が訝《いぶか》しがっていると上座の若先生がおもむろに、

「本年も皆よく稽古に励んでくれた。今日は稽古納めじゃ。七月には大水が起こり、色々と難儀した者もおったろう。これより食事を振る舞う。しっかりと腹を満たしてくれ」

一同を眺め渡し、

「見ての通り此度は、例年とは少し事情が違う。仕合の始まりを遅くしたのにも、わけがあるのだ。食事が済む頃には陽が落ち、小石川も夕闇に包まれる」

傍《かたわ》らを見遣り、

「実は、このお方は堀内道場とは何の縁《ゆかり》もない。詳しくは、当人から話していただこう」

「……仲村又義《なかむらまたよし》と申す」

中年の侍は鋭い目付きで一礼し、

「本日は堀内道場門下生の方々へ、お願いしたき儀があって参った」

リクを篠山藩右筆の娘と知った仲村又義は、帰路に同道者をつける、と告げた。

当然のように向井重之助が進み出た。四ツ谷の組屋敷に戻るため通り道は同じという話だったが、それならば麴町へ帰る者も同様のはず……リクは思わず、稽古場を出ようとする山田家の跡継ぎへ、源五郎殿も、と声を掛けた。三輪源五郎は意外そうな顔で振り返り、小さく頷いてくれた。

階段坂の東方には小高い丘に建つ牛天神の社が見え、その向こうに紅色の空が広がっていた。

リクたちは仲村の指示通り、それぞれが手にした堀内道場の提灯に火を灯す。リクを真ん中にして、同年代の三人で坂を下った。しばらく無言で歩いたのち意を決し、ご無沙汰しております、と源五郎へ話し掛けた。

「近頃は堀内道場で、お見掛けしませんでした」

「……山田家に、色々と所用があったものですから」そう源五郎が言葉を濁す。

「山田家とは」重之助が口を挟み、「何処の御家でしょう」

「……山田浅右衛門家にござる」

「何とあの、御様御用の」重之助は驚き、

「源五郎殿も据物斬りの技を習っておられるか。それで、あの鋭い一太刀であったと」

唸《うな》り声を上げ、「真剣同士であれば……敗れておったのは拙者の方でした」

リクは重之助を見た。意外な言葉だった。大柄な剣士は神妙な口振りとなり、

「山田家の門人となれば……罪人の斬首も」

「務めることもあります」

源五郎の俯き気味の横顔は、半ば夕闇に沈んでいる。重之助は悔しげに、

「拙者は先手弓組でありながら御城の守りに日々終始して、刀を抜く機会に恵まれませぬ。悪党を相手にせぬまま、鞘《さや》の中で刃が錆《さ》びるのを待つばかり」

「源五郎殿は何ゆえ」

リクが話に割り込む。しかと、確かめなくてはならぬこと――

「麹町で私を救われたあの夜、下手人を斬り捨てなかったのですか。悪人と分かっていながら」

「……それがしの役目は罪人の首を落とし、刀を試すこと。ゆえに」

一歩歩くごとに、夜が深まってゆく。

「刑場の外で、人を殺《あや》める 理《ことわり》 はありませぬ」

――やはり、源五郎殿は〝魔に魅入られた者〟などではない。

それは、分かっていたことだ。町奉行は源五郎のことを怪しんでいたが、彼が本当に血に飢えているなら、脛を断たれてもがく下手人をその場で斬り殺さぬはずがなかった。

源五郎は渇望からではなく――己の務めとして剣を振っているにすぎない。

「……私の剣が重之助殿に及ばぬことは、今日の仕合ではっきりし申した」

堀内道場門下筆頭おめでとうございます、と源五郎が重之助へいった。その時になってリクは、山田家の跡継ぎへ二重の辱めを与えていることに気付いた。源五郎は今、己を破った剣士、縁談を断った娘と会している。そうするよう強いたのは……リクは、いたたまれない心地になった。

――己のみならず、御家のことも考えよ。

父の話が蘇る。これも一つの折……胸の奥から何か、観念らしきものが現れる。

小袖を着て丸髷《まるまげ》を結い、食事の支度をして夫の帰りを待つ。それが当然の生活であり、いつかは己も収まらなければならない籠なのだ。

――重之助殿とはきっと、まれな良縁となるであろう。

その言葉に頷きかけた顔を、リクははっと上げた。源五郎も重之助も同時だった。

夜空に、呼子笛の鋭い音《ね》が響き渡っている。

――罠に掛かった者がいる。

だとすれば、南町奉行所と堀内道場の目論見が当たったことになる。笛が知らせているのは、遠い場所ではなかった。牛込《うしごめ》の方角、と重之助が呟き走り出す。源五郎とともにリクもその後を追った。

＋

江戸川《えどがわ》手前の四つ辻が輝いている。提灯がそこに、群れ集まっていた。

多くの提灯が遠巻きに囲んでいるのは――一人の小柄な人影だった。刀を抜いたその者に見覚えがあると気付き、リクは人集《ひとだか》りの外で足を止めた。

――喜八。まさか。

小石川の魚屋に奉公する若者が刀を握って刃先を下げ、息を荒らげている。地に倒れた恰好で喜八から離れようともがく侍は、腕の辺りを深く斬られた様子だった。

「もはや逃げることは叶わぬ。諦めて縛に就くがよい」

喜八へ向かい、人の輪からそう大声を発したのは南町奉行所与力・仲村又義であった。しかし与力の命に喜八が応じる気配はなく、今も周りへ斬り掛かろうという気勢があり、誰も近付くことができない。喜八が声を上げて笑った。リクのよく知る、幼さの残る少し高い声。が、辺りを睥睨《へいげい》するその物凄い目付きは別人のものだ。リクは目前のできごとが現《うつつ》とは思えず、その場に立ち尽くした。

「まず、刀を捨てよ」仲村が命じる。

喜八は鼻で笑い、「捨てれば、寄ってたかって斬りつけるつもりであろう」

「そのような真似はせぬ。約束する」

「断る。酔い潰れた素浪人から奪った無銘だが、捨てるには忍びない」

口から吐き出される白い息が、火炎のように渦巻き、「いかがした。これほど大勢の侍がおりながら、刺股《さすまた》や突棒《つくぼう》の用意がなければ、儂《わし》と相対することはできぬか」

仲村配下の同心は堀内道場の門下生に溶け込むために、継裃《つぎかみしも》や着流しではなく小袖と袴を身に着けている。門下生とともに抜刀するが同心の持つ長脇差は刀引きがされているため喜八へ手が出せず、捕物道具の用意もなく、互いに目を合わせるばかりだった。リクの体が前へ出ようとする。

その腕をつかみ、止める者がいた。三輪源五郎であった。

「それがしが立ち合いましょう」

リクを庇《かば》うように、人の輪の中へ進み出た。

「いや、ここは拙者が」

さらに源五郎を抑えて、向井重之助が名乗りを上げ、「先手弓組二番組、向井――」

待たれよ、と源五郎がそれを制し、

「この場は奉行所の差配。先手組が手出しをされては、後で悶着の元となりましょう」

刀の鍔に親指を掛け、「それがしは御様御用を務めるだけの身。また、堀内道場門下生としての日も浅い……いずれにせよ、都合のよい立場におるかと」

リクは息を呑む。源五郎は、もし己が敗れても道場の恥にはならぬ、といっているのだ。異論は誰からも起こらず、リクの胸に怒りが沸き上がった。

「やめよっ」

源五郎が立ち止まる。己でも驚くほどの大声が、体を貫くように放たれ、

「喜八、何ゆえそのように大それたことを」

止めようとする重之助の手を振りほどき、

「せめて、これ以上の流血は無用と心得、刀を納めよ」

「……お里久様か」喜八の強張った顔に、少年の面影が横切り、

「あなたなら儂の振る舞いも、お分かりになるはずです。このように」

やっと人の輪まで退いた手負いの武士を切っ先で示し、

「一人稽古しか知らぬ儂に斬り掛かられ、ろくに手向かいもできぬ。所詮は座敷剣術」

「町人風情が、賢《さか》しらに申すな」そう声を張り上げたのは重之助で、

「お主は御番所（奉行所）の罠に掛かったのだ。侍を狙う辻斬りは道場の仕合に集う門人に目をつ

けるであろう、となｌ。ために、今日の仕合を終えた門下生と捕方がそれぞれ呼子笛と堀内道場の提灯を持った上で散り、小石川に罠の網を張った。網に掛かり、逃れる術《すべ》もないのがお主だ」

「ならば、捕らえてみよ……小胆なお主らに、命のやり取りができようか」

人集りが色めき立つ。

「……侍の胆を見ようと思うたか」

源五郎だけが動じず、「お主に、人の胆を切り分けられるのか」

「人の臓腑も魚のわたも、さほどの違いはない。侍の胆玉は、どれも無様に小さなものであった。野良犬も食わぬゆえ、そこらへ捨てたが、気付く者もおらぬ」

再び狂気が喜八の表情を覆い、

「儂は最後に、兵《つわもの》と立ち合いたい。本物の侍と」

顎を引いて源五郎を睨み据え、

「小塚原の刑場でも、お主を見た。山田浅右衛門家ゆかりの者か」

「左様。三輪源五郎と申す」

人の輪が騒めき揺れた。士分の中に、浅右衛門の名を知らぬ者はない。

源五郎が相手との隔たりを二間まで詰めて刀を抜き、正眼に構えた。その落ち着きは、他の門人とは明らかに違う。喜八が刀を頭上にかざし、上段で応じた。見様見真似の堀内流……だがそこには、狂気の血潮が漲《みなぎ》っている。

二人を止める術がないことに、リクは愕然とする。喜八の侍への強い想いは分かっていたつもりだったが、かように病んだものだとは——

——私は、喜八という者を何も知らず知ろうともしなかった、か。

幾重にも提灯の明りに取り巻かれ、すでに源五郎と喜八の立ち合いは、他を寄せつけぬ孤立した一つの舞台となっていた。

俄《にわか》に、喜八が動いた。上段に構えたまま一息に隔たりを縮め、源五郎に迫る。その気勢に、離れて見詰めるリクでさえ退きそうになった。

三輪源五郎は下がらなかった。

逆に踏み出し、間合いを詰めるや、相手が振り降ろした刀に刀を合わせ、そのまま搦《から》め捕るように体を捻り、足を掛けて喜八を地面に転がした。白色の小さな何かが、ばらばらと地に落ちた。

「近付くなっ」

周りへ、源五郎が怒鳴った。辻斬りに詰め寄ろうとした同心たちが足を止め、その目前を喜八の片手で振られた剣の先が掠めた。狂気はまだ刀を握る力を失っていない。

「……お見事」喜八が片膝を突き、開いたもう一方の手を源五郎へ突き出した。

「この通り。もはや両手で刀は握れぬ」

その指の大半が失われており、「ここで腹を切る。介錯《かいしやく》をお願いしたい」

馬鹿な。町人が切腹だと。身の程を知らぬ——周囲の同心や門下生が騒然とする中、魚屋如きが、という重之助の呟きがリクの耳に入った。喜八は傲然《ごうぜん》と辺りを見回し、

「儂はたまたま農村に生まれつき、凶作に見舞われて人買いの手に渡り、江戸で丁稚となった。童

の時分は、士分は立派なものと思っていたが……百姓が懸命に実らせた稲穂に群がるだけの、虫けらと知った」

怒りの籠もる息を吐き、「儂はここで、命のやり取りを行った。侍に相応しい者だ」

「丁稚奉公が切腹など、もっての外」

周囲の雑言の中、重之助が声を震わせて怒りを表し、

「町人如きが、高望みも甚《はなは》だしい。この場で我らに、斬り捨てられるがよい」

「……できるか、お主らに。儂の片腕は、まだ動くぞ」

喜八が刃先を周りへ向けると、囲みの輪が一斉に退く。やめておけ、と源五郎がいう。

「これ以上は、それがしが許さぬ」

「ならば……介錯して頂きたい」

喜八は正座となって刀を置き、小袖の前を開け、呆気に取られる侍らを余所《よそ》に脇差を抜くと、短く息を吐き、白い腹に突き立てた。リクは息を呑む。己が涙を流していることに気付いた。

頼む、と喜八が声を濁らせ、いった。

「ならぬ」重之助が人集りから身を乗り出し、

「その者は侍などではない。今ぞ。皆で斬り掛かれ」

「待たれよっ」

怒鳴り、与力・同心を止めたのは源五郎だった。

「これはそれがしと喜八、二人の戦い。後もそれがしの一存で決め申す」

「やめよ、源五郎殿」なおも重之助が声を張り上げ、

「お主は先ほど、刑場の外で人を殺める理はない、と申したではないか」

「……首斬りは、人斬りではありませぬ」

源五郎はそう告げると、苦しげに体を曲げる丁稚の脇に立った。

すでに多くの血が地面へと流れ出している。かたじけない、という喜八の声は囁きでしかなかった。頭を垂れ、今にも地に倒れ伏しそうだ。

「……これは、見世物にあらず」

刀を振り上げた源五郎がいう。

「重之助殿、この場はそれがしに任せ、お里久殿を青山へお送りくだされ」

愚かな、と重之助が呟き、リクの肩に手を置き、江戸川の橋へ導こうとする。

――源五郎殿は、私に斬首を見せまいと。

リクは重之助の腕を振り払い、その場を動かなかった。

――私が、喜八の最期を見届けねば。

源五郎が頭上で刀の柄を握り直した。雷光のように刀身が輝き、その一太刀が前のめりになった丁稚の首を喉の皮一枚残し、斬った。切り口から血が吹き出るがすぐにそれも収まり、喜八が崩れるように倒れ、リクは顔を背けた。辺りに静寂が満ちた。

「……己の乱心を、士分のせいなどと」重之助が吐き捨てるようにいった。

喜八には元より、物狂いの質があったのかもしれない。しかし、それでも――

——もっと以前に、何か言葉を掛けるべきではなかったか。

喜八が最期に口にしたのは、源五郎への礼の言葉であった。お里久殿いきましょう、と重之助がいった。「青山へお送り致します」

リクは俯いていた面を上げた。

刀を静かに収める、三輪源五郎の姿。

「いえ……上屋敷の方へ戻ります。大切な用事ができました」

戸惑う重之助へ、「組屋敷へお帰りください。辻斬りはもういません。私のことは——これより、お気になさらずに」

リクは片付けられようとする亡骸へ暫《しば》し手を合わせると、踵《きびす》を返し神田へと駆け出した。

今すぐにでも、父に伝えたい話があった。

＋

上屋敷に着いたリクは息を切らせながら安吉に、大殿様へのご挨拶は明日改めて向かう、と告げた。その旨を青山へ知らせるよう頼み、驚く中間や門番を掻き分けるように屋敷に上がり、書斎へと駆けた。襖の向こう側からは、何用か、という父の不機嫌な声が返ってきた。

リクは部屋に入ると改めて父・渡部嘉右衛門の前に正座し、畳に両手を突いた。

「父上は、娘の幸せを願う、と仰っていました」

突然の問い掛けに、嘉右衛門は仕事中の筆を置き、「それが、いかがした」

「なれば」リクは意を決し、

「向井家へ、縁談の使者を送られぬよう、こちらからお断りください」

「何をいう」口元を歪《ゆが》め、

「幸せを願うからこその、向井家との縁談ではないか」

「今日、はっきりと分かりました。この世には、誰かが務めねばならぬ役目があり、首斬りもその一つだと」

「何の話をしておるのか」

「今宵、源五郎様が人を斬るのを見ました」

「何と」

「いえ、無法に斬ったのではなく、町人の切腹を介錯されたのです」

「町人だと」

眉をひそめる父へリクは頷き、

「血に飢えての行いではありませぬ。己のためではなく町人のために、周囲の反対を押し切り、あえて剣を振るったのです。首斬りは源五郎様のお役目」

「だから何だというのだ。向井重之助殿も先手弓組という大事な役目を担っておる。どこに不服がある」

「重之助殿は、人にも己にも厳しい立派なお方。されど」

父の顔を見据え、「その剣には、三輪源五郎様のような慈悲がありませぬ。リクは――」

今一度、深く頭を下げ、

「――首斬りの妻に、なりとうございます」

跡継

一

〃浅右衛門《あさえもん》〃とは代々、将軍家の御様御用《おためしごよう》（刀槍《とうそう》の試し斬り）を務める山田家《やまだ》の通り名である。試し斬りには斬首となった罪人の遺体を用いるが、まず首を打つにも相応の剣技が必要となる。天下泰平が続くにつれ武士は実戦の術を失い、自然、山田家が首打役《くびうちやく》も引き受け、そのため世人から〃首斬り浅右衛門〃と呼ばれることになった。

天正《てんしょう》の頃、徳川家康《とくがわいえやす》が三河国吉良《みかわのくにきら》へ鷹狩りに訪れた折り、一行の前に転《まろ》び出て、地に額《ぬか》ずいた者がいた。女人による直訴である。聞けば女は遠江国金谷《とおとうみのくにかなや》の鋳物師《いものし》の妻であったが、代官に横恋《よこれん》慕《ぼ》され、夫を闇討ちされたのだという。代官が相手では訴える場所もなく、こうして左大将（家康）様直々に敵《かたき》討ちを願い出るより他に手立てがない、という話であった。

慄《おのの》きながらも整然と述べる聡明さに興味を引かれ、顔を上げさせた家康は言葉を失った。それほど、女人の美貌は際立っていた。結局、家康はことの是非を検《あらた》める旨を約束し、事実と分かったのち代官を処罰した。女は家康の側室として迎え入れられ、松平忠輝《まつだいらただてる》を産み、茶阿局《ちゃあのつぼね》と名乗った。

茶阿の一族が、山田家である。茶阿は奥向きのことを任されるほど家康に信頼され栄達し、それに伴い、茶阿の兄である山田吉辰《よしたつ》も忠輝の小姓《こしょう》に取り立てられ、やがて二万一千石を領する城代にまで出世した。松平家一門の讃岐守《さぬきのかみ》清直《きよなお》の娘と結婚し、長門守《ながとのかみ》を名乗った。

吉辰の主君・忠輝は膂力《りょりょく》に優れた勇武の士であったが、政務から離れ酒色に溺れて些細《ささい》なことで家臣を手打ちにする素行の悪さが父・家康の不興を買った。山田吉辰とその嫡男・因幡守《いなばのかみ》は主君の守役としての責を問われ、切腹を命じられることになった。忠輝自身も最後には二代将軍・秀忠《ひでただ》により信濃国《しなののくに》諏訪《すわ》へ配流となり、生前は徳川家から許されることはなかったが、九十二歳までかの地で長命し、天寿を全うした。

山田家の嫡流は絶えた。しかし当時まだ三歳だった因幡守の弟・掃部吉春《かもんよしはる》は助命となって信州《しんしゅう》松本城《まつもとじょう》に預けられ、二十年ほど経《た》ってようやく赦免《しゃめん》となり、貧しい牢人暮らしの末、五十二歳で亡くなった。その子・貞俊《さだとし》も牢人の身の上は父と変わりなかったが、江戸に出ると加賀国《かがのくに》前田《まえだ》家の支藩・上野国《こうずけのくに》七日市《なのかいち》藩主の前田利広《としひろ》の支援を受けることができた。利広の祖父・利孝《としたか》の母が山田家の者だったのだ。

山田貞俊の一子が、明暦《めいれき》三年（一六五七年）に生まれた貞武《さだたけ》である。

江戸で生まれ育った山田貞武は、周囲も手を焼く乱暴な子となった。

余りに手に負えないため、一時《いっとき》は父・貞俊も寺に預けて僧にしようと考えたほどだった。青年となった貞武に忠言したのは、前田宮内少輔《くないしょうゆう》利広であった。

――法《のり》なく力を振るえば、無法となる。

利広は貞武を藩邸に呼び立て、諭《さと》した。

――その腕力を武に活かしてはどうか。

利広の言葉は貞武に響いたらしい。貞武は意気に燃えて直心影流《じきしんかげりゅう》の一派である小石川《こいしかわ》の堀内源《ほりうちげん》太左衛門正春《たざえもんまさはる》の道場に通い詰め、剣術の腕を磨いたという。

腕前が上達するとともに、貞武はまた別の剣技にも興味が湧いた。試刀（試し斬り）術である。

天下泰平の中、本物の人を斬る戦国の技はまさに失われつつあった。名人・山野《やまの》勘十郎《かんじゅうろう》久英《ひさひで》を師に試刀術を学ぶと、やがて門下でも屈指の斬り手となった貞武は、通り名を角蔵《かくぞう》から浅五郎《あさごろう》、さらに浅右衛門と改めた。

〝山田浅右衛門〟の誕生である。

元禄《げんろく》十五年（一七〇二年）の冬、世を揺るがす大事件が起こった。

赤穂《あこう》浪士による吉良《きら》邸への討ち入りである。前年に、赤穂藩主・浅野《あさの》内匠頭長矩《たくみのかみながのり》が江戸城内で刃《にん》傷《じょう》沙汰に及び即日切腹となった際、遺恨相手であった吉良上野介義央《こうずけのすけよしひさ》には何の咎《とが》めも与えなかった幕府の裁きが発端となり、不満を覚えた赤穂藩士が報復に及んだ一件だったが、この騒動が江戸で大変な評判となった。

のちに切腹して果てた〝忠臣〟浪士四十七人の中には堀内道場で山田貞武とともに汗を流した堀《ほり》部《べ》武庸《たけつね》と不破《ふわ》正種《まさたね》もいた。衝撃は、それだけではなかった。浪士たちの最期はその身柄を預けられた藩邸によって異なり、詳細を知った貞武は怒りに身を震わせた。

堀部と不破は伊予国松山《いよのくにまつやま》藩邸で剣術に優れた荒川十太夫《あらかわじゅうだゆう》によって、切腹の作法ののち一刀のもと首を打たれたが、赤穂藩筆頭家老・大石内蔵助良雄《おおいしくらのすけよしお》を斬った細川《ほそかわ》藩の介錯《かいしゃく》役は何度も刀を振り下ろし、ようやく大石の首を断ったのだという。

――大石殿の最期を汚す所業だ。

己なら、決して大石に恥をかかせることはなかっただろう。

貞武の剣技への誇りが、山田浅右衛門の名を明治の世まで連綿と継承させる礎《いしずえ》となった。

＋

貞武の嫡子・吉時《よしとき》は、若い時分から試し斬りの修業に励んだ。

通り名を朝五郎、山田家の家督を継いでからは浅右衛門を名乗った。当時、八代将軍・吉宗《よしむね》が尚武《しょうぶ》の気風を尊び、新刀の作製を奨励したため、試し斬りも盛んに行われた。しかしその頃、山野家ではお試し役を継ぐ者がいなくなり、御様御用は専ら門弟の山田吉時が引き受けるようになった。

吉時の身分も父と変わらず牢人であったが、ある時幕府から「屋敷拝領の願い」を提出するよう内示が下された。希望の空き屋敷があれば世話してやろう、との幕府の配慮だった。幕臣並みの扱いであり、幸運な話であったが、丁度いい場所が見付からなかった。

その際、吉時は――奇妙な要望を願い出た。屋敷の代りに別のものをもらい受けたい、と。

吉時が望んだのは、罪人の屍であった。幕府にとっては無価値に等しい恩賞のため、簡単に許可は下りた。しかし吉時にとって、屍《しかばね》は屍以上の意味があった。亡骸《なきがら》は試し斬りの稽古に用いるとともに、その胆《きも》を取り出して希少な薬を作ることができるのだ。

人の胆が薬になる、との発想は中国に由来する。十六世紀の明《みん》の薬学書『本草綱目《ほんぞうこうもく》』の巻五十二に、人骨や人肉とともに〝人膽《じんたん》（胆）〟の項目が並び、肺病や瘧《おこり》（マラリア）、金瘡《きんそう》（刀傷）などに効くとある。

吉時がいつどのように医学の知識を得たのか定かではない。独学であったかもしれない。ともかく山田家は寒中に胆の他、牛黄《ごおう》・朝鮮人参・麝香《じやこう》・真珠貝などを配合し、うどん粉で丸め、〝天寿慶心丸《けいしんがん》〟と名付け売り出した。金一分という高価な丸薬であったが、たちまち江戸で評判になり、よく売れた。やはり肺病の薬として知られ、切り傷、梅毒《ばいどく》に効き、また肝っ玉が大きくなり、腹痛にも効能があったという。その慶心丸が幕末に至るまで、山田家の専売の品となった。

十

三代目を吉継《よしつぐ》という。通り名は角蔵、源蔵《げんぞう》、のちに浅右衛門と改め、俳号を恵竹庵巌松と称した。

山田家で俳号を持ったのは吉継が初めてだが、これには理由があった。

ある時、斬首の場に座った罪人が何か言葉を発した。首打役を務めた吉継は、未練がましい、と一喝して斬ったが、後でその言葉が〝辞世の句〟であったと知り、己の無知を恥じたという。その後、俳句を熱心に学び、のちには宗匠の域にまで達した。

この由来から、吉継より歴代の浅右衛門は皆、俳句を嗜《たしな》むようになる。

＋

四代目・吉寛《よしひろ》は始めに源蔵を、のちに浅右衛門を名乗った。

十四の頃から試し斬りを行ったというだけあって剣の腕に優れ、多くの門人がいた。沢山の大名家の刀槍の試し斬りを請け負い、諸家からは毎年歳暮として米や白銀を拝領していた。慶心丸の利益も加わり、牢人の身分であっても、山田家には相当な実入りがあった。

吉寛本人は病弱で、そのせいかどこか浮世離れしており、妻もいなかった。年を取るにつれ視力も弱くなり、晩年は幕府の許可を得て、御様御用は弟子の中で最も腕の立った伊予国今治《いまばり》藩士・須《す》藤五太夫睦済《どうごだゆうむつずみ》に任せていた。

吉寛は天明《てんめい》六年（一七八六年）九月十七日に落命したが、臨終の前に須藤を枕元に呼び、五巻からなる山田流試刀術・一子相伝の秘伝書を預けた。

——もし、譲るに値する子孫が現れた時には、そなたから渡して欲しい。

受け取る須藤の腕が震えた――吉寛の言葉はいい換えれば、譲るに足る者が現れなければ秘伝書も浅右衛門家も葬り捨てよ、ということではないか。

山田浅右衛門吉寛が四十九歳で亡くなった時にも、跡を継ぐことのできる男子はいなかった。当時、嗣子《しし》のないまま当主の死去した武家は、幕府により取り潰しとなる。

二

吉寛亡き後、須藤睦済は山田家のために奔走した。元々、須藤の通り名〝五〟太夫とは、初代・二代目浅右衛門の、若き頃の仮名《けみよう》〝浅五郎〟にあやかり、名乗り始めたものだ。それだけ己と山田家は深い縁《えにし》で結ばれたものと捉えていた。御家の復興に尽くすのは当然のことであった。

主《あるじ》のいなくなった麴町山元町《こうじまちやまもとちよう》の山田屋敷を取り仕切ったのも、須藤だった。小者《こもの》の幸八《こうはち》とその子・久介《ひさすけ》も敷地の離れに住んでいたが全てを委ねるわけにはいかず、須藤は妻や子息の梅之助《うめのすけ》、他藩に仕える甥《おい》の重介《しげすけ》を交代で屋敷に泊まり込ませ、自身の留守の際には来客の応対や慶心丸の扱いを任せ、必死に山田家を切り盛りしたのだった。

須藤はまず北町奉行所与力《よりき》・服部仁左衛門《はつとりにざえもん》と談合し、吉寛の死を秘した。

数日前に将軍・徳川家治《いえはる》も逝去したため――幸いにも、といっては余りに不敬ではあるが――、御様御用もしばらくは催されぬはずだったし、他の大名家から試し斬りの依頼があったとしても、吉寛本人は以前より外出を控えていたため、公の場に姿を現さなくとも、当面は世間に怪しまれることはない。

未《いま》だ暑気の残る時候であったため、吉寛の亡骸は屋敷に長く置かず、小者とともに密かに菩提寺へ送り、葬儀を行わず埋葬してもらった。師匠に対して無礼な致し方であったが他にやりようはなく、山田家を永らえさせるのを己の役目と心得、

――しばし、ご辛抱くだされ。御家も試刀術も、きっと次の代へ渡してみせまする。

須藤は盛土の前で瞼《まぶた》を固く閉じ、両手を合わせた。


当主の死を差し当たり隠し終えた須藤は、皆の寝静まった山田屋敷の仏間に行灯《あんどん》を運んで座り、腕を組んだ。

――さて、誰がおるものか。

世間に気付かれぬ間に、世継ぎを見付け出さなければならぬ。須藤自身、剣技に自信はあったが齢《よわい》はすでに五十四に達している。息子の梅之助や甥の重介はまだ若く、腕は悪くなくとも、〝浅右衛門〟を継がせる気はなかった。師匠の家を私物のように扱うなど、あり得ぬ話だ。

――まず、清廉な人物でなければならぬ。

俗物では話にならぬ……というのには、わけがあった。山田家の蔵には米だけでなく、金銀や刀剣類など高価な品が多く収められている。心根の卑しい者がその所有者となれば、家業を忘れ、贅沢三昧となって身を持ち崩し、幾ら剣の腕が立っても、御家は簡単に廃《すた》れてしまうだろう。

――山田家の門人の中で、今、江戸に詰めておる若侍は誰がおったか。

様々な顔が須藤の心中をよぎる。しかしなかなか、これといった人物が思い浮かばない。

――国元へ戻っておる藩士まで考え合わせれば、また選び方も違ってくるのだが。

何しろ猶予がないのだ。次の征夷大将軍は先代の養子である家斉《いえなり》と決まっており、いつ新将軍の宣下《せんげ》が行われてもおかしくない。そうなれば、これまで滞っていた新刀の御様御用も次々と命じられるに違いない。その時、改めて山田家当主の不在を注視されることも大いにあり得る。しかし、それにしても――

――思い浮かばぬ。

須藤は焦りを覚える。つい想像は江戸の外へ飛び、迎えることのできぬ者を未練がましくつかまえようとする。

――堀内道場に通う侍はいかがか。

自身も時折稽古へ向かう小石川の道場には、多くの若侍が出入りしている。が、武張った者ばかりで、その心根までは推し量れない。

――これでは、いかぬ。

須藤はかぶりを振った。このように鬱々《うつうつ》として日を延ばすほど、御公儀に事情を察せられる恐れが増すというのに……そう考えるうちに、明日のことさえ心掛かりになり、不安が頭から離れなくなった。

――やむを得ぬ。

こちらから探りを入れる、と決めた。

相談するべき相手は、やはり服部仁左衛門をおいて他にいない。

須藤は妻を山田屋敷に呼び寄せると留守を頼み、夕刻に麹町を出て八丁堀《はっちょうぼり》の組屋敷へ向かった。

服部宅は二、三〇〇坪もある拝領地で、訪れた須藤は小姓により屋敷の書院に案内された。服部仁左衛門は牢屋《ろうや》見廻役《みまわりやく》であったが、日本橋《にほんばし》の伝馬町《てんまちょう》牢屋敷に勤めるのではなく、牢屋敷の働きを取り締まるのを役目として、常磐橋《ときわばし》御門内の北町奉行所に詰めることになっている。本日は牢屋敷に寄って今戻ったばかり、との話であった。

奥の襖《ふすま》が開き、服部仁左衛門が姿を現した。須藤の前に黙って座ったその顔付きが険しいのは、山田家の事情を充分に知っているためだ。こちらが先に用向きを口にするのを、じっと待っている。それほど繊細な問題を含んでいる、ということでもあった。

山田吉寛の死について、須藤が服部にのみ相談したのにもわけがある。元々、御様御用は将軍家の刀を扱う行事であり腰物方《こしものかた》の差配のはずだったが、幕府からの通達は町奉行所が行う習わしとなっており、山田家とのやり取りは斬首や試刀の場である牢屋敷にも通じた服部仁左衛門が受け持つことになった。服部は須藤と歳が近いこともあって話が合い、やがて公儀にまつわる件で知恵を借りたいと考える際には、最初に話を持ち掛ける間柄となったのだ。当主の死を隠すよう忠言してくれたのも、服部である。

「御公方《ごくぼう》（将軍）様の忌《き》も明けぬうちに何度も訪問致し、申しわけのうございます」

須藤からそう切り出し、「御城内は、今も慌ただしいことと存じますが……」

遠回しに探りを入れると服部は、

「いや、ご葬儀も済み、現在は静かなものじゃ」

「それは幸い……すると」すかさず話の芯を聞き出そうと、

「次の御公方様のご誕生は、間近にございますか」

「浚明院《しゅんめいいん》（先代・徳川家治）様が将軍職を譲られる前に薨去《こうきょ》されたため、新たな将軍宣下が行われる以前に……幾らか喪に服さねばならぬであろうな」

「それは、いかほどの長さとなりましょう」

「難しい問いじゃな」服部は眉をひそめ、

「いや……白《しら》を切っておるわけではない。将軍職の跡目については、以前より御養子（家斉）を迎えておるゆえ、何の問題もござらん。されど江戸城内の悶着《もんちゃく》は、また別の場所にあるのじゃ。これにより、先が見通せぬ有り様となっておる」

慎重な口振りとなり、「田沼《たぬま》様が御老中を辞されたのは、知っていよう」

「はい。様々な出来事の……責を負われた、と」

先の老中・田沼意次《おきつぐ》による政《まつりごと》は、江戸市中でひどく評判が悪かった。

商いを奨励して商人ばかりを肥やし、田畑を重んじないため米価は跳ね上がり、役人さえ目先の旨《うま》みに与《あずか》ろうと賄賂の横行する世になった、というのだ。巷《ちまた》では、国中で立て続けに起こった禍《まが》事《ごと》――利根川《とねがわ》の洪水、浅間山《あさまやま》の噴火、奥州《おうしゅう》の凶作――までことごとく田沼の責のように伝えられ、その息・意知《おきとも》が佐野政言《さのまさこと》に出世を妬まれ、殿中で斬りつけられた際には、庶民が揃って佐野を〝世直し大明神〟と祭り上げたほどだった。

「儂《わし》にいわせれば……田沼様は世間で評されておるような欲深い御方ではない」

服部は須藤の考えを読んだように、

「飢饉《ききん》も米の値上がりも、天災による結果にすぎぬ。全てを田沼様のせいとするは、お門違いというもの。あえて申せば……田沼様は、世に溜《た》まった憤懣《ふんまん》に気付こうとされなかった、のやもしれぬ。己の信じる道以外少しも顧みようとされなかった、とでもいおうか。ついには、知らぬ間に多くの恨みを負うこととなった。そして今……恨みに端を発した謀《はかりごと》が、江戸城内に染み入ろうとしておる」

息を呑《の》む須藤へ、「松平越中守《えっちゅうのかみ》（定信《さだのぶ》）様を知っておるか」

「は……確か陸奥国白河《むつのくにしらかわ》藩主であったかと」

「左様……越中様のお国では、そのご政治により、先の飢饉でも一人の餓死者も出さなかったそうじゃ。英邁《えいまい》な人物ゆえ、越中様を次の御老中に、と推す方も多い。しかしながら、強く反対する一派がある」

「一派、とは」

「他でもない、田沼様とそのお仲間じゃ」

「……何ゆえでしょう」

「そもそも越中様は御三卿《ごさんきょう》の一流、田安《たやす》徳川家に生まれた御方。有徳院《ゆうとくいん》（徳川吉宗）様の御孫《みまご》にあたり、また農事に力を注がれたそのご政道を深く尊敬されておる。ゆえに――これはあくまで噂だが――田沼様は、越中様を白河藩の養子へ送られたという。越中様が御三卿の中にいては次の将軍となり兼ねず、もしそうなった場合、〝商〟を重んじる田沼様の政が阻まれる恐れがある。そこで御公儀から遠ざけた、というわけじゃ。噂が本当なら、越中様を御老中へ、と日々大きくなる声を田沼様が懸命に押さえ込もうとするのも、必定となる」

「……越中様を推されているのは、どのような方々でしょうか」

「最も推されているのが、御三卿の一人、一橋《ひとつばし》（治済《はるさだ》）様じゃ。次の御公方（家斉）様のご実父でもあられる。田沼様の力量で世は治められぬ、として越中様の老中着任を御三家にも働き掛け、推し進めておられる」

「左様であれば」須藤は焦り、

「すぐにも新たな将軍様と御老中のご誕生、と相《あい》なるのでは」

「……それも、分かり申さぬ。御三卿も御三家も、幕政からは遠い場所におられるゆえ」

服部は口元を歪《ゆが》め、

「越中様の田沼様への恨みは余りに深い。自ら刺し殺そうとまで思い詰めた――これも噂だが――というほどじゃ。この時を、田沼様を追い落とす絶好の機会と捉えておるはず。世の流れからすれば、勢いは間違いなく越中様にある。田沼様が、それにいかほど抗《あらが》えるものか……」

話を聞いた須藤は、考え込んだ。松平越中守の老中着任より、新将軍の宣下が先となろうが……

しかしいずれにせよ、越中守の気勢を思えば、うかうかしてはいられない。

――やはり山田家の世継ぎ、早《はよ》う探さねばならぬ。

「少し、痩《や》せられたようじゃな」

そう服部に声を掛けられ、

「……未《いま》だ葬儀も行えぬ有り様なれば」

「人探しに難儀しておられるか」

「……左様にござる」須藤は隠すことなく、

「今この時期に在府する山田門下の藩士で、心技の揃った若侍となりますと、相応《ふさわ》しい者もなかなか思い浮かばず……与力・同心などの次男・三男に、それらしき心当たりはございませぬか」

「……有り体《てい》に申せば」

服部は再び眉間の皺《しわ》を深くし、

「昨今の旗本・御家人は直参の身を忘れ、武芸を捨てた腑《ふ》抜けばかり。牢屋敷の同心にしたところで皆、罪人の首も斬れぬ女々しき輩《やから》」

吐息に怒りを込め、「戦では先鋒《せんぽう》を務めるはずの先手組《さきてぐみ》の気概も消えた。ここだけの話……あれほど江戸の内外で悪党どもに恐れられた火付盗賊改《ひつけとうぞくあらため》ですら、堀帯刀《ほりたてわき》様がお役に就かれてからは、配下の与力はろくに組み打ちの稽古もせず軟弱となり、盗賊どもに侮《あなど》られるままとなっておる。まだしも……地方の大名家の方が、尚武の気風が残っておるのではあるまいか」

須藤は無言で頷《うなず》いた。確かに年を経るにつれ、山田家に試刀術を習いに来る直参は減っている。今では数名にすぎぬだろう。服部は、

「剣技とともに、さらに気立てのよい若者となると……下手な者を紹介もできぬ。これは、いかにも難題じゃ。いっそ——」

須藤へ顔を寄せ、「——剣の腕は、いったん忘れてはいかがか」

「何といわれる」

「山田家の世継ぎに、剣技と良心のいずれか一つとなれば、まずどちらを望まれる」

「それは……やはり心かと」

「で、あろう。向き不向きはあれど、剣術は稽古を重ねるほど上手くなる。名人に至るのは厳しくとも、目録を与えるくらいには上達しよう。されど心の卑しい者を尊い人物へと導くのは、いっそう難しいはず」

——一理ある、か。

須藤は考え込む。いや、一理どころか……他に手立てはない。まずは心。服部のいう通りであろう。

——これ以上、浅右衛門様の死を隠し続けるのは危うい。

田沼と越中守が睨《にら》み合っている間は、幕府内の諸事も滞るであろうが、争いの趨向《すうこう》が定まれば、全てが俄《にわか》に動き出すはずだ。

——剣よりも心持ち、か。それならば……探しようはある。

うむ、と須藤は思わず声を発した。

——あの者なら。

こちらの様子を黙って眺めていた服部が、

「……思い当たる人物がおるようじゃな」

自身も安堵したらしく、満足げな笑みを浮かべた。

三

小者の久介に書付を持たせ、赤坂《あかさか》の紀伊国《きいのくに》和歌山藩・上屋敷内の瀬戸甚右衛門《せとじんえもん》宅へ送り、須藤は返答を待った。書付には、「急ぎお目に掛かりたい」旨を記してある。用向きの委細は載せず、甚右衛門との面識もなかったが、それでも山田浅右衛門家の小者が書状を運んだとなれば、等閑《なおざり》にできぬ用向きであるのは伝わるはずだ。

返答は、「お勤めが非番なれば本日にでも」という話であった。須藤は久介を連れ、早速赤坂へ出向いた。

和歌山藩とは徳川家康の十男・頼宣《よりのぶ》を祖とし、紀伊国と伊勢国《いせのくに》の南部を治める五十五万石の大藩であり、俗に紀州《きしゅう》徳川家と呼ばれる御三家の一流であった。表門で用件を告げると、番所から瀬戸甚右衛門の次男・三四郎《さんしろう》が現れ、小門を開けてくれた。

瀬戸家は藩主の参勤交代の供として親子で一年の江戸出府《しゅっぷ》となり、その間、甚右衛門は三四郎に山田家の試刀術を学ばせていた。本日の用向きは無論――三四郎と大いに関係がある。

須藤は三四郎の先導に従い、中へ進んだ。二万坪を超える敷地はずっと奥まで広がっていたが、瀬戸の住《す》み処《か》は通りに沿って建てられた長屋の二階となる。一階には小者らの暮らす部屋があり、そこに久介を置いて、須藤は二階へ上がった。三四郎は父のところまで須藤を案内すると、階下へ去っていった。


畳敷きの部屋に正座で待っていた甚右衛門は健康そうな壮年の男であった。

互いに礼を交わして座った須藤は、

──よい気色だ。

とそう感心する。甚右衛門の顔色のことではなかった。決して広くはない長屋の一室の、よく整頓された様を眺め思ったのだ。壁には騎馬《きば》提灯《ちょうちん》や御供笠《おともがさ》が丁寧に掛けられ、部屋に置かれたものは簞笥《たんす》と挟み箱の他、行灯《あんどん》や小火鉢や硯《すずり》箱などが壁際に片付けられている。硯箱の隣に、儒学書が重ねられていた。

「……須藤殿には、いつも倅《せがれ》がお世話になっていると聞いております」

甚右衛門の挨拶を受け、

「瀬戸殿の都合も弁《わきま》えず、突然押し掛けた無礼をお許し願いたい」

須藤がそう謝ると、甚右衛門はかぶりを振って、

「浚明院様が薨去されたのちは、市中も大分静かにござる。当家も月に二度あった御目見得の御登城がなくなり、他家との往来も控えるようになり申したゆえ、拙者などは警固の用もなく、所在ない日々を送っております」

――その割に……生活の乱れが何処《いずこ》からも窺《うかが》えぬ。

暇を持て余した勤番の侍の振る舞いはすぐに乱れ、まず博打《ばくち》・酒宴に耽《ふけ》るのが相場というものであったが、部屋に酒気は少しも漂っておらず、室内の趣も澄んでいた。

――やはり、瀬戸父子は己を律して生活しておられる。

須藤は内心、大いに頷いた。三四郎の純粋な聡明さは、以前から感じていたことだ。

先日、姫路《ひめじ》藩より依頼された試し斬りに、他の門人とともに三四郎を連れ刑場へ赴《おもむ》いた折り、褒美に下された金を預かった長谷沼謙介《はせぬまけんすけ》なる門弟がその一部を着服したことがあった。それを知った三四郎は長谷沼を諫《いさ》めたのち減った金を黙って補うと、事実を秘して自ら須藤宅へ届けたのだ。

須藤が子細を聞いたのは、また後日、件《くだん》の弟子が酒に酔って喧嘩《けんか》沙汰を起こし、藩より故郷越後《えちご》での謹慎を命じられた時のことだった。須藤が門人一同の前で長谷沼の破門を宣告した際、彼の普段の素行の悪さを知る他の弟子から、褒美の着服と三四郎の行いを知らされたのだ。事情を聞いた須藤五太夫は、長谷沼の悪事うんぬんよりも、瀬戸三四郎という若者に感心した。兄弟子を物怖じせず諫め、身銭を切りつつも、ことを荒立てず丸く収めようとした三四郎の人柄を好ましく思った。

目の前に座る父・甚右衛門の教えの賜物に相違なかろう。余得のある身ならいざしらず、禄高五十石にも満たぬはずの徒士《かち》の身で、あれほど大らかな振る舞いを息子に教えられるとは、これも生半《なまなか》な人物ではないはずだ。

須藤は本題をなかなか切り出せず、季節柄の話などで取り繕っていたが、三四郎が煎茶を二階に運んで来ると、ようやく意を決し、

「三四郎殿も、ご同席頂きたい」

背筋を伸ばし、「本日は須藤五太夫、大切なお話があって参りました。是非ともご深慮の上、ご返答頂きとうお願い致す」

甚右衛門の隣に正座した三四郎が神妙な面持ちとなった。山田流試刀術の門人として、何か察するものがあるのだろう。

「……お話とは」

甚右衛門の問いに、須藤は最早包み隠さず、

「お願い致す。ご次男・三四郎殿を山田家にお預けいただけませぬか」

「それは……門弟としてではなく」

「さにあらず。拙者・須藤五太夫、山田浅右衛門の名代として、三四郎殿を山田家の養子に迎え入れたき旨を申し上げに参りました」

「三四郎を……」

顔色の変わった次男を不安げに見ると、「されど、この者は山田流の門下に入ってまださほどの月日を経ておりませぬ。試刀家として未熟では」

「先日の姫路藩依頼の試し斬りに、三四郎殿も参加しており申す――」

実際のところ、その際、三四郎の剣技がいかようであったか須藤は覚えていない。当主の死で頭が一杯であり、門人の一人一人を指導できる余裕はなかったのだ。

「――試刀家としての第一歩は、すでに踏み出しておりましょう」

「……浅右衛門殿は三四郎について、いかように申されておりますか」

「山田浅右衛門吉寛は先月、亡くなっておりまする」

絶句する甚右衛門へ、

「有り体に申せば、拙者は先代が逝去されてより、山田家の世継ぎを探し続けておりました。その末、瀬戸家に至ったとお考えくだされ。山田流を継ぐに相応しい者は、腕前よりまずはその心持ち」

服部仁左衛門との会話を思い起こしつつ、

「瀬戸家のご次男は、高潔なご気性とお見受け致す。これは、甚右衛門殿の日頃のご訓戒の賜物でありましょう」

瀬戸親子を交互に見遣《みや》り、

「ご次男の剣の腕は、これより月日を掛けて磨き上げる所存。山田流試刀術を継承する身として、この五太夫、幾らでもお助け致す」

深く頭を下げ、「瀬戸家の気風を見込んでの、たってのお願いにござる」

長屋の一室に、沈黙が満ちた。直《じか》に見ずとも、瀬戸父子の動揺が手に取るように分かった。元来、身分と禄を継ぐのは長男一人であり、次男以下の処世に頭を悩ませるのは、何処の家も変わりない。瀬戸家にとって、三四郎が他家の世継ぎとなるのは喜ぶべきことのはず。しかし……養子となる先が〝首斬り浅右衛門〟の家となれば、躊躇《ためら》いが起こるのも当然といえた。

「……火急の用件とはいえ、ご返答は今ここで、とは申しませぬ」

須藤は三四郎へ、「お父上とよくご相談されたのち、お答えいただければ、と存じる」

息を止めたように口元を引き結び、血の気の失せた細面《ほそおもて》が頷こうとした時、

「いや」甚右衛門が落ち着いた声で口を挟み、「この件は、そなたの人生に関わること。儂との談合は必要ない。三四郎自身が、己の判断で決めればよい」

父の話を聞いた三四郎は、寸時の間こうべを垂れたのち、

「須藤様のお申し出、承りたく存じまする」

きつい目元には決意が宿り、

「山田流の末席にいるだけの未熟者ですが……よろしくお願い致します」

——ことは成った。

甚右衛門とともに辞儀をする二人を前にして、須藤五太夫の総身から今になって冷や汗が噴き出した。

＋

さらに須藤は、慎重に〝世継ぎ〟の件を進めねばならない。まず瀬戸甚右衛門の許しを得て、三四郎を山田家の者らしく〝源蔵〟と改めさせた。源蔵はこの時二十六歳であった。

幕府へ養子願いを届けるにも、下拵《したごしら》えが必要となる。須藤が次に行ったのは、幕府の各所へ養子願いの〝先触れ〟を上申することだった。服部仁左衛門を伴い、南北両町奉行や与力、牢屋奉行・鍵役・吟味役、さらに腰物方などを回り、山田浅右衛門名義の〝養子願いの口上書〟を提出し

て歩いた。それぞれに口上書受領の謝礼として肴《さかな》代金三百疋《ぴき》を添え、特に新任の腰物奉行・臼井《うすい》藤《とう》右《え》衛門《もん》房興《ふさおき》には、鯛《たい》を白木台に載せて献上した。

　高価な贈り物には相応の効があったとみえ、誰もが〃浅右衛門の口上書〃を快く受け取り、山田家の養子願いについて異を唱える者は一人も現れなかった。幕府の様子を見極めた上で須藤は翌日、奉行所と腰物方へ正式な願書を差し出した。

　その三日後、須藤は改めて服紗小袖《ふくさこそで》に麻裃《あさかみしも》に着替え、熨斗目《のしめ》麻裃に身繕った〃山田源蔵〃を連れ、南北両町奉行・牢屋奉行・腰物奉行を巡り、顔見せの挨拶に回った。当然、扇子や鰹節や小菊《こぎく》紙《がみ》や肴代などの贈り物を携えての訪問であった。

　全ては露骨な賄賂であり、連日のように大金が費やされたが、牢人身分の山田家が江戸の錯綜《さくそう》した武家社会の中で生き残るには、かような心配りが必須であった。養子願いに難色を示す者が幕府の内から出現しては、これまでの骨折りが皆、台無しになってしまう。

　翌日、源蔵とともに出入りのある大名屋敷を巡り一通りの挨拶を終えると、北町奉行の曲淵《まがりぶち》甲《か》斐守《いのかみ》景漸《かげつぐ》へ「浅右衛門吉寛は病気回復が見込めぬため、新将軍誕生の折りは養子・源蔵に御様御用を仰せ付け下さるよう」願い出た。一連のやり取りを済まし、慣れない務めに源蔵は草臥《くたび》れ果てた様子だったが、須藤の見るところ、居丈高《いたけだか》な役人にも臆せず不明な点はその都度訊《たず》ね直し、かといって相手の機嫌を損ねるような真似はせず、その整然とした振る舞いは、山田家の新たな当主として充分なものだった。

　須藤は晴れ晴れとした心地となった。幕府からの返答を待たねばならぬとはいえ、懸念のほとんどが過ぎたことになる。残るは頃合いを見計らい、浅右衛門吉寛の死を幕府に知らせ、葬儀を執り行うこと。そして——

——いや、源蔵はきっと期待に応えるであろう。

須藤は一抹の不安を言葉にせず、腹の内に収めた。

＋

——源蔵の人柄に、やはり間違いはなかった。

若き当主へ山田家の蔵を開け、財産を余さず開示した須藤は、そう安堵した。

源蔵は己が継いだその財力に目を見張っても、浮かれることも狼狽《うろた》えることもなく、心を乱したりはしなかった。高価な刀槍や金銀、陶器や茶器よりも、むしろ俳句の指南書や薬学の書物に興を覚えたらしく、須藤に断り一つ一つ手に取って目を通し、少年のような微笑を浮かべた。

その後、須藤は屋敷の書斎に当主を呼び込み、向かい合って座らせ、源蔵殿、と厳《おごそ》かに告げた。

「山田家の宝物の中で一つだけ、ここに置いていないものがある」

「それは……」

「儂は先代から、五巻からなる一子相伝の秘伝書を自宅に預かっておる。無論、試し斬りの書。先代との約定なれば、こればかりはそなたの剣の腕が上がるまで渡すことは適《かな》わぬ……そう心得、修業に励まれよ」

「はい」

――よき侍じゃ。

頬を上気させ首肯《しゅこう》する若き当主に、須藤は満足した。

須藤は養子願いを幕府方へ働き掛けている間も、山田家の屋敷に泊まり込んで源蔵と寝食をともにし、試刀術を指導した。試し斬りも斬首も、常に戸外での務めとなるため、その稽古も屋敷の庭で行われた。

須藤の次の役目は――あるいは最後の役目かもしれぬ――源蔵を試刀家として鍛え上げることだ。

試刀術の型は、剣術とは全く違う。試し斬りの修業ではまず、三、四枚立てた畳の合わせ目に正しく刀を打ち下ろすことから始めた。両足を横に開いて八文字に立ち、亡骸に見立てた畳に刃先を載せ、腹の底に気が満ちると刀を振り上げる。斬り下ろす際には、体に弾みをつけて両肘を伸ばし、腰を折って刃先で大きな円を描く。

――筋は悪くない。

源蔵はすでに数ヶ月通っていたし、疑問が浮かべばすぐに口にして答えを動きに活かす勘のよさもあり、このまま続ければやがてものになるだろう、と須藤は大いに期待した。ただ少しばかり気に掛かるところもあった。

――剣に気迫が足りぬか。

盛土へ刀を打ち込ませると、源蔵生来の気質が優しいためか、太刀筋に気勢はこもっていても力強さに欠け、殺気には届いていないように思える。須藤は焦ってもいた。御様御用を拝領するまでにできる限りの経験を積ませ、源蔵を仕上げておきたかった。

——荒療治となるが……実地を踏ませるか。

二日後に、罪人の斬り手を頼まれている。

＋

越後国村上《むらかみ》藩による依頼に応えるため、須藤は源蔵と梅之助を連れて明け六ツ（六時）に山田屋敷を出ると、千住《せんじゅ》の小塚原《こづかはら》刑場へ向かった。

村上藩から山田家が首打ち役を頼まれたのは、人を斬った経験のある者が藩邸内にいないためだ。剣術の上手というだけで斬り手を任せれば、一刀で首を落とせぬことが間々あり、相手が罪のある者とはいえ、いたずらに苦しめるだけの惨《むご》たらしい場になり兼ねない。

——長谷沼謙介が謹慎とならず、越後に帰っていなければ、村上藩の斬り手となれたであろうに。

長谷沼は試刀の腕はよかったが、普段から粗暴な言動があり、酒の席でそれが噴出したのだろう、結局は性格が仇《あだ》となり江戸を離れることになってしまった。

斬首の場合、咎人が足軽以下であれば、その亡骸は試し斬りに使用される。試し斬りの依頼がなくとも門人に斬らせ、実地の稽古とする。そのために大勢の門弟が振り下ろす刀により、亡骸はほとんど輪切りにされる場合もあった。此度《こたび》の咎人は村上藩の士分二人との話で、斬った後の亡骸を試し斬りに用いることはできない。そのために須藤は、自らと梅之助で罪人を斬り源蔵に見学をさせる、といったんは決めた判断を、千住へ向かう道々迷ってもいた。

——やはり、源蔵殿に任せては。

源蔵は亡骸での稽古は済ませていたが、首打役を務めたことはない。一度経験すれば、胆も据わろう。此度の咎人が士分であるのも、都合がよかった。恐れ慄く小者や女人が相手では、実地に乏しい者は情も湧いて斬りつけるのが難しくなるだろう。

——いや、さすがに性急か……。

とも考えるが、次の依頼がいつになるか分からない今、絶好の機会を逃すのも得策とは思えなかった。源蔵殿、と隣を歩く山田家の当主へ、須藤は耳打ちした。

「此度の首打役、務めてみなさるか」

源蔵の背筋が、強張《こわば》ったのが分かる。しばらく考える風だったが、やがて、

「承りました」

しっかりした答えが返ってきた。

小塚原の刑場は六十間（一間＝約一・八m）四方ほどの野原にすぎない。隣には同じ広さの回向院《えこういん》があり、罪人の死体を埋め、供養するための場所となっていた。南北に走る千住街道と刑場を隔てるのは木杭に渡しただけの荒縄で、道端には罪人の名や罪状を記した札が幾つも打ち捨てられ、空は鴉《からす》の群れが輪を描き、刑場を囲む田の畦道《あぜみち》からは野良犬らがこちら

を窺っている。

刑場の東南の隅では大仏ほどもある地蔵菩薩《じぞうぼさつ》が趺坐《ふざ》し、仕置き場を見下ろしていた。刑死した者や行き倒れた者を弔うために寛保《かんぽう》元年（一七四一年）に建てられた石像で、建立の際には山田家も多額の寄進をしたため、願主の一人として〝山田源五郎《げんごろう》〟の名も台座に刻まれている。

源蔵は、と見れば顔色が冴えず、落ち着かぬ様子であった。未だこの場に馴染めぬらしい。

――何ごとも、慣れじゃ。

慣れれば、試し斬りのすぐ後に弁当が食えるようにもなるのだが。刑場の内には灰色の首が晒《さら》されていたが、これは幕府と須藤の以前の仕置であった。小塚原刑場は徳川幕府の所有地であり、村上藩は藩内の罪人を本国まで連れ帰る手間を省き、江戸で刑に処すため借り受けたのだ。刑場の奥には江戸詰家老や留守居役など藩の上役たちが床几《しょうぎ》に腰掛けて並び、縄を打たれた咎人が二人、その傍《そば》で俯《うつむ》いている。どちらも頬が痩《こ》け、月代《さかやき》の髪と髭《ひげ》が不揃いに伸び、やつれた様子であった。

床几から一人が立ち上がり、こちらへと歩み寄って、徒目付《かちめつけ》の森田彦右衛門《もりたひこえもん》にござる、と一礼した。須藤は、山田家の主として役人とやり取りする源蔵に時折助け船を出しつつ、青ざめながらも的確に受け答えする姿を眺め、新しい当主には何か品格がある、と心の内で微笑んだ。

咎人二名は、江戸市中で刃傷沙汰を起こした、という話であった。

同心に捕らえられ、村上藩に引き渡されたという。徒目付に促された咎人の一方が、切り場に置かれた筵《むしろ》の上に座った。刑場の下人が、縛りつけていた藁縄《わらなわ》を小刀で切った。下人らが後ろから罪人の背を押し、目の前に穿《うが》たれた血溜めの穴へ俯かせる。

須藤は、まず梅之助に斬らせることにした。今一度源蔵へ手本を示しておきたかったのと、梅之助が先んじて見事に首を落とせば、若侍同士、争う心持ちから切れ味が増すやもしれぬ、と考えたのだ。罪人の傍《かたわ》らに梅之助が立った。徒士は士分であるため、目隠しをされない。「いい残すことはおありか」と梅之助に訊ねられ、相手は震える声で、ありませぬ、と返答した。覚悟を決めたらしく口を引き結び、両目を固く閉じた。梅之助が刀を振り上げた。

枝を折ったような乾いた音とともに、頭が穴に落ちた。血潮が止まるのを待って、下人が穴から首を取り上げ、役人へ見せたのち、筵の脇に横たえた亡骸に添えた。

次の斬り手となる源蔵を見遣ると、強張った頷きが返ってきた。余りに張り詰めた顔付きであったため、須藤は近付き、

「源蔵殿、よいか」小声となり、「我らは恨みによって咎人を斬るのではない。役目と心得られよ。咎人が斬られるのは、自らの業のためじゃ」

「……はい」嘔吐《おうと》を堪《こら》えるように、源蔵が答えた。

――止めるべきか。

この期に及んで須藤は迷ったが、源蔵自ら、切り場に正座する罪人の元へ歩き出した。

――斬って落とすだけの技量はある。

そう信じ、須藤は少し離れた場所から当主の剣技を見守ると決めた。ただし……万が一源蔵が取り乱すことでもあれば、すぐさま代わりに刀を抜けるよう気を張ってもいた。

血溜めの穴へこうべを垂れる罪人へ、最期にいい残す言葉は、と源蔵が訊ねると、

「……ある」

咎人が顔を上げ、下人の手を振り払って振り返り、

「山田源蔵とは何奴《なにやつ》かと思えば、瀬戸三四郎ではないか」

その濁った声が、源蔵を搦《から》め捕ったように見えた。床几に座る村上藩の面々が訝《いぶか》しげに顔を見合わせている。

――何者。

須藤自身も驚きの余り、立ち尽くしていた。

咎人が声を張り上げ、「うまく後釜に座ったというわけか、三四郎。儂を利用し、山田家に取り入った。悪鬼のような奴」

――長谷沼謙介か。

そう覚った須藤は愕然《がくぜん》とする。ひどく痩せた髭面であったため気付かなかったが、間違いない。長谷沼が喧嘩沙汰により越後に戻された、との話は藩の体裁を守るために流された方便であったのだ。実際は……人を斬っておったとは。

「偽るな、三四郎よ」長谷沼が嘲笑《あざわら》い、

「お主が山田家を継ぐことのできる器ではないのは、己自身がよく知っていよう……森田様」

事態の変化に狼狽える徒目付へ、

「この源蔵を名乗る男こそ、武士にあるまじき卑怯者にござる。己の罪を棚に上げ、兄弟子に業を擦《なす》りつけ、さらに瑣末《さまつ》な咎を過大に取り上げて告げ口し、我が身が破門となるよう陥れ申した。拙

者の狼藉《ろうぜき》は、自暴自棄となったゆえの振る舞いに過ぎませぬ」

さらに声を高め、「この土壇場（切り場）で三四郎と会《お》うたのは、仏縁にござる。拙者の行いの
そもそもは、この者に源があると神仏が示されたもの。森田様、御仏の意に従われ、今一度お情け
を頂きとう存じまする」

――戯《ざ》れ言を。

「源蔵、そやつを斬れっ」

思わず須藤は、そう大声を上げた。慌てて源蔵が刀を振り上げるが、

「俺の首を落とせるか、三四郎」長谷沼の雑言はやまず、

「お主に、浅右衛門の首斬りの業を背負う覚悟が、本当にあるのか。落とせるものなら、落として
みよ。祟《たた》ってみせようぞ。呪い殺してくれる。さあ斬れ、三四郎」

源蔵の両腕が病に掛かったように震え、刀を取り落としそうな様となった。

――儂が斬る。

意を決した須藤が柄《つか》に手を掛け、刀を抜いた。長谷沼へ駆け寄ろうとするが、

「待たれよっ」

徒目付の森田が間に入って押し止め、

「須藤殿、待たれよ。長谷沼が山田家の門人であったとは、真《まこと》にござるか」

「……すでに、破門にしておりますれば」

「相済まぬ。手違いが重なった様子ゆえ、再び事情を吟味せねばなり申さぬ。此度の謝礼は致す。

今はいったん、刀を納められよ」

——金の問題ではない。

長谷沼を見遣ると、落ち窪《くぼ》んだ目が狡《ずる》そうに笑っていた。須藤は歯嚙みするが、この場は村上藩の仕置であり、刀を鞘《さや》に戻す他ない。徒目付は長谷沼に再び縄を打つよう下人に命じ、刑場の奥で床几に座ったまま困惑する村上藩の上役へ、子細を告げに向かった。

源蔵が刀を地面へ垂らし、呆然と佇《たたず》んでいた。

掛ける言葉も見当たらない。

十

山田家に戻った須藤は梅之助を自宅へ帰し、源蔵と二人きりになった。

山田家の当主は、小塚原刑場からの帰路も屋敷に着いてからも自失した様子で、茶ノ間に座り込むと魂が抜けたようにその場から動かなくなった。

須藤は囲炉裏で湯を沸かしながら、当主の横顔を確かめていると、

「……五太夫殿」

やがて、源蔵の方から力なく語り掛けてきた。

「無様な姿、ご覧の通りです。それがしの器に、山田家を載せることは適いませぬ」

「馬鹿な」思わず大声となり、

「長谷沼謙介に、惑わされてはならぬ。村上藩で彼奴《きゃつ》の吟味が再度行われたところで、罪は変わらぬであろう……となれば」

震える手で急須に湯を注ぎ入れながら、

「今一度、我らが彼奴の首を打つことになろう」

殊更《ことさら》落ち着いた声を作り、

「次に村上藩から仕置を依頼された時には、奴の首を打つこと、そなたにできようか」

訊ねると源蔵はさらに肩を落とし、

「……恐ろしいのです。口惜《くちお》しくはあれど、やはり長谷沼殿のいわれた通りにござる」

消え入りそうな声で、〝業〟との言葉が頭から離れませぬ」

——首斬りの業、か。

馬鹿げた妄言でしかない。だが、世間の受け取り方はまた別にあるのだ。須藤は唸《うな》った。

山田家の当主が斬首に怯《おび》えると世間に知られた時には、柔弱の謗《そし》りを免れまい。幕府の御様御用を務めるに相応しい者とは決して見做《みな》されぬであろう。

——こうなれば。

「確かに、そなたに山田浅右衛門を継がせることはできぬらしい……されど」

湯気の立つ茶碗を源蔵の前に置き、

「山田家も儂も、そなたには借りがある。源蔵殿、儂を信じて全てを任せてもらえぬか」

「任せる、とは……」

蒼白な顔をぼんやりと上げた当主へ、

「これより、さらに山田家の養子を探そうと思う」

力強く頷いてみせ、「その者に、山田浅右衛門を継承させる」

四

山田流試刀術を源蔵が継げぬのは、すでに明らかであった。技量の問題ではない。あるいは……源蔵は清廉に過ぎ、剣で名を上げようという我欲に欠けるのやもしれぬ。

――試刀家としての凄みも足りぬ。

須藤も小塚原刑場での一件以来、そう認めざるを得なかった。ならば。

――凄みを持つ者を、さらに世継ぎに据えるまでのこと。

山田家に、さらに養子を迎えるのだ。そう思案できるだけの猶予が生まれたのは、三四郎が御家を相続してくれたからこそであった。ならば……今となっては、世継ぎは在府の者でなくとも構わぬ、ということになる。

須藤にはこれは、と思う人物がいた――湯長谷《ゆながや》藩士・三輪《みわ》文三郎《ぶんさぶろう》である。

文三郎は、陸奥国湯長谷藩主・内藤雅之進政広の臣・三輪源八《げんぱち》の次男であり、以前江戸に出府した際は山田家で試し斬りの稽古をしていた。陸奥国で鹿島神流《かしましんりゅう》の剣術を学んだこともあって腰が据わり、その太刀筋は確かなものと見えた。

――文三郎なら、必ずものになるだろう。

剣の腕前だけの話ではない。文三郎はその母が三代目浅右衛門吉継の娘・ナオであり、まさしく山田家の血を引く、筋目からも間違いのない人物なのだ。

本来であれば、最初に声を掛けるべき人物であった――実際に、後継を考える須藤の頭には、何度も文三郎の姿がよぎった――が、此度の参勤には父と兄に同道せず、今は陸奥国に帰っているため、人選からは早々に漏れていた。そして、文三郎は源蔵よりもさらに若年となる。

先の参勤で父に連れられ出府した折りは、まだ十代であった。どのような気性の青年に成長したか知らず、剣の才はあれども、御家を任せられるかどうかまでは分からない。しかし現在なら、山田家には源蔵もいる。須藤は文三郎を、源蔵の養子として迎えるつもりであった――

須藤が湯長谷藩邸へ書付を送り、山田家養子について三輪家の考えを訊ねると、驚いたことに、文三郎自らが山田屋敷にやって来た。実は参勤した兄が体の具合を悪くし、国元へ戻るのと入れ替わりに、文三郎が出府していたのだという。今は剣術を堀内道場に、槍術を宝蔵院《ほうぞういん》に学んでおり、いずれ山田家にも参るつもりでいた、という話であった。携えた父・源八の返答には、妻も縁組を喜ぶでしょう、との旨が記されていた。

須藤は己の迂闊《うかつ》さに、頭を抱える思いであった。文三郎が江戸にいるなら、最初から跡継ぎに悩むこともなかったのだ。とはいえ、どのような若人《わこうど》に成長したかは、目の前にせねば分からない。

数年ぶりに会った三輪文三郎は二十歳の、立派な若侍となっていた。

――これなら。

山田浅右衛門の一族は、ことのほか容姿に優れた茶阿を産み出した血筋である。文三郎の見目のよい形姿《なりかたち》も、紛《まご》う方なく山田家の血統を表している。源蔵ともどもすらりとした細身の背恰好《せかっこう》で、六歳しか違わぬこともあり、二人が並んだ姿を見れば誰もが兄弟と考えるであろう。しかし――

――やはり真っ先に、三輪家に相談するべきであったか。

俯きがちな表情に暗さはあれど、文三郎は受け答えも素直で、心根に歪みは窺えぬ。

須藤は早速、文三郎の通り名を〝源五郎〟と山田家の世継ぎらしく改めさせた。しばらくの間は三輪源五郎として山田家の屋敷に住まわせ、修業に励んでもらうことになった。

改めて源五郎に、立てた畳の合わせ目へ刀を打ち込ませた須藤は驚いた。その腕前は明らかに――多くの門人の中でも群を抜いている。試刀術に対して不慣れなところはあっても、速さ、力強さ、精妙なこと、どれをとっても卓越した剣さばきであった。

幾日か経《た》つと、それまで寝起きをともにしていた源蔵が「平河町《ひらかわちょう》に移りたい」といい出した。

元々、初代・浅右衛門貞武が江戸に構えた家は同じ麹町内の平河町にあり、現在の山元町の屋敷は何度か居を移したのち、先代・吉寛によって建てられたものだ。平河町の方はほとんど手入れもせずに放っておいたのだが、源蔵はそこを使用したいという。

――須藤殿は、源五郎の修業に専念されるべきかと。

彼なりに気を利かせたのだろう。須藤は反対しなかった。本心をいえば、源五郎へ試刀術を教えるのに、当主へも気を配らねばならぬ、という形は稽古に集中しづらく、厄介であったのだ。源蔵が町奉行や町名主相手の細事を引き受けてくれたため、須藤は新たな世継ぎとなるはずの若侍と、昼夜を問わず一対一で向き合うことができた。

——これは、天賦の才じゃ。

須藤は舌を巻いた。腕がよい、どころではない。源五郎は見た技をほとんどそのまま己のものとし、一度伝えただけで動きの癖を整えることができた。

——これほどの者は、二度と得られぬだろう。

須藤は源五郎へ教えることに夢中になった。立てた畳の合間へ音もなく刃先を通し、盛土へ向かい力強く刀身を食い込ませ、巻き藁を斬らせれば、芯となる若竹にささくれを残すこともない。

この者こそ、と思い入れる余り、須藤は源五郎の嫁までも早急に探そうとしたが、これはうまくいかなかった。渡部里久《わたなべりく》なる丹波国篠山藩《たんばのくにささやま》右筆《ゆうひつ》の娘を源五郎の妻にと望んだのだが、先方に断られたのだ。堀内道場で剣術に励む女人であったから試刀術も正しく解してくれるだろう、との須藤の目算は外れてしまった。リクは美しく、源五郎と並べばさぞ似合いの夫婦《めおと》となったであろうと須藤は残念がったが、相手が拒むのならどうしようもない。

須藤は渡部家に縁組を申し入れたことも断られたことも源五郎に伝えていたが、喜ぶ素振りも悲しむ様子も窺えなかった。

——いや、内心までは分からぬ。

そもそも三輪源五郎なる若者は感情が表に現れず、心の内が読めぬところがあった。

須藤の指示に異を唱えることが全くなく、常に素直に従ったが、剣技の他は何ごとにも執着せぬ様は若者らしくなく思え、それだけが気掛かりといえば気掛かりだった。良縁に巡り合えば世捨人めいた振る舞いも改まるであろうと須藤は考え、いずれまた嫁探しをせねば、と心に決めた。先代が妻を持たず跡継ぎのないまま亡くなったがゆえの騒動を、繰り返したくはなかった。

源五郎の横顔は、常に憂いを帯びているようにも見える。リクとの縁談が立ち消えになり、憂いの色がやや深まったようにも感じられたが、少なくともその剣の冴えに変わりはなかった。刑場へ連れて出た際も、源五郎はその細身の体軀《たいく》に似合わず、罪人の亡骸を一刀両断してみせた。

——よし、これなら。

山田家の者は試し斬りと同時に、さらに首打役を務めねばならぬ。

源蔵に斬首は難しかろうが、源五郎であれば苦もなくこなすはず……須藤がそう考えていた折り、山田屋敷を再び越後国村上藩の使者が訪れた。

＋

使者の携えた書状にあったのは、当然の如《ごと》く「長谷沼謙介に斟酌《しんしゃく》の余地なし、当初の裁き通り小塚原で斬罪に処す」との話であった。再び斬り手をお願いしたい、という。

屋敷を使者が去ってのちも、須藤の怒りは収まらなかった。

——あの場で、斬り捨てておればよかったものを。

いくら憤《いきどお》っても、村上藩の思惑に従う以外なく、詮《せん》のない話であった。庭では梅之助とともに源五郎が木刀を振っている。力強さが、風音として屋敷の内にまで届いていた。

刑場には梅之助、源蔵、源五郎を連れてゆくとして……問題は、やはり誰に斬り手を任せるか、であった。此度、刑を受ける咎人は長谷沼謙介一人である。切り場でまたもや、長谷沼は雑言をいい募るやもしれぬ。先の仕置は村上藩の都合で取り止めとなったが、次も斬り損ねるような事態に陥れば、今度こそ山田家の悪評が立つであろう。

──最早、源蔵に無理強いはできぬ。

試刀家としての源蔵は、すでに果てている。ならば、

──有無をいわさず、儂が斬り捨ててくれようか。

長谷沼謙介への怒りが、先の仕置からずっと、腹の底で渦巻いている……となれば、須藤が斬り手を務めた場合、恨みで人を殺《あや》めることになる。

──門人の中で、私怨から最も遠い者となれば、新たに入った三輪源五郎の他ないが。

しかし源五郎に任せてよいものか、はっきり断ずることもできない。新将軍の着座の前に、山田家の世継ぎとして恥ずかしくないよう仕上げておきたいが……焦れば、源蔵と同じ轍《てつ》を踏むことになり兼ねない。剣の腕はあっても、やはり首打ちとなれば躊躇いが太刀筋を鈍らせるであろう。

──儂か、梅之助が行うべきじゃ。

焦ってはならぬ、と須藤は己にいい聞かせ、村上藩からの書状を文机《ふづくえ》に仕舞った。

小塚原刑場に着き、村上藩の役人たちへ頭を下げると、縄を打たれた長谷沼謙介と目が合い、その顔に不敵な笑みが浮かぶのを須藤は見た。

梅之助が物凄い目付きで長谷沼を睨んでいるのに気付き、まずい、と思う。己の体内でも憤りが煮えたぎっていた。源蔵は悔しげな表情で、面を逸《そ》らしている。この場で落ち着きを保っているのは——多少顔から血の気を失っていても——三輪源五郎以外にいない。須藤は源五郎へ近付き、

「……斬り手を務める自信はあるか」

——危うい遣り方であろうか。

自問するが、これが最上の手と思い定め、

「我らは、かの長谷沼なる者と因縁がある。このままでは、恨みで首を打つことになるのだ。されど、そなたは彼奴を知らぬ。となれば、振るう剣にも因果はない——斬れるか」

一瞬驚いた表情を見せたが、源五郎は「はい」と返答して頷いた。眼《まなこ》の奥に重々しい覚悟が窺え、——これなら。

そう確信し、須藤は斬首を三輪源五郎が行うことを、徒目付に伝えた。長谷沼が切り場へと引き出され、血溜めの穴の前で正座になった。刑場の下人によって背を押されるが、その姿にはなお太々《ふてぶて》しさが見受けられ、須藤は嫌な気配を感じ、源五郎に耳打ちする。

「……奴のいうことに、決して耳を貸すな。憎悪を掻《か》き立てられるぞ」

首肯した源五郎の暗い目付きにも、一抹の不安を覚えた。憂いが一段と深まったように見えたのだ。源五郎は躊躇《ちゅうちょ》せず、切り場へと進んだ。懸念の通り、長谷沼が下人に逆らって振り返ると、

「おや、見掛けぬ若者じゃ」

嬉しげに話し掛けてきた。「名は何と申す」

「……三輪源五郎にござる」

「源蔵殿が臆病風に吹かれたゆえ、その手代わりとなったか」

「さにあらず」静かに刀を抜き、

「それがしが斬り手となったのは、稽古のためにござる……では、いい残す言葉はおありか」

長谷沼は、少しも動じることのない相手に慌てたらしく、

「おのれ、抜け抜けと」

急に態度を変え、「お主も業に濡れるつもりか。儂を殺めれば、祟って報いをなそうぞ」

須藤は小さく舌打ちした。このまま長谷沼の言葉を聞いていては、再び奴の思惑に呑まれ、刑の執行が遮《さえぎ》られてしまう。焦り、咎人へ詰め寄ろうとした時、

「……お主に、祟りをなすような真似ができるのか」

源五郎がそう応じたため、須藤は驚き立ち止まった。長谷沼が激昂《げきこう》し、

「斬ってみろ若造。必ず呪い殺してくれる」

「よう申した」源五郎はあくまで静かに、

「それほどの魂魄《こんぱく》を持っておるのなら――拙者が首を落としたのち、笑ってみせよ」

言葉を失ったのは、須藤だけではない。梅之助や源蔵、徒目付までが息を呑み、二人の遣り取りを見守っている。村上藩の役人衆も身を乗り出していた。

「おお、やってみせようぞ。笑い掛けてやろうではないか。早う斬れ」

長谷沼がそういって首を前に伸ばした刹那、源五郎が素早く刀を構えた。

刃が光り、鈍い音を立て首が落ちる。

一同の見守る中、下人が血溜めから長谷沼の頭を取り上げると、居並ぶ村上藩の役人らがどよめいた。咎人の片頬が吊り上がり、確かに笑みを浮かべたように見えたからだ。

源蔵が後退《あとずさ》る。須藤は息を呑んだ。

「……源五郎殿、気をつけられよ」

そう忠言したのは徒目付の森田で、「長谷沼は、なかなか執念深き者とみえる」

「……恨みなど、消え失せておりましょう」

頬を紅潮させた源五郎が吐息を漏らし、そう答えた。下人が、源五郎の垂らした刀身に手桶の水を掛けて血を洗い落とし、半紙で拭った。源五郎が刀を納め、

「彼は斬られたのち嘲笑うのに一心となる余り、恨みも呪いも忘れており申す。あの世に多くの念を持ってゆくことは叶わぬと存じまする」

「……お見事にござる」

徒目付が唸り声を上げたのち、そう称《たた》えた。安堵の気色が村上藩の役人に広がる。

——何ということじゃ。

須藤の背筋を震えが駆け登った。

——これほど山田家の世継ぎに相応しい者が、他にいようか。

梅之助は呆気にとられ、源蔵を見遣ると感嘆の面持ちでおり、しかし目には悲哀らしき情も浮かび、須藤はその姿を長く眺めてはいられなかった。

十

先代・山田浅右衛門吉寛の死をようやく公にした須藤は、十一月二十一日、本郷《ほんごう》で念願の葬儀を執り行った。喪主は源蔵であったが段取りは全て須藤が行い、菩提寺である浄福寺《じょうふくじ》と隣接する親寺の祥福寺《しょうふくじ》に門人を集め、師を盛大に弔った。浄福寺内に建てられた〝清徳院鉄厳宗心居士〟との戒名が刻まれた吉寛の墓碑の前に須藤は額《ぬか》ずき、死去から葬儀まで三ヶ月余りも経てしまったのを詫《わ》び、と同時に、ようやく正式に弔うことができた喜びを嚙み締め、涙を流した。

その後、二十四日に供養、二十六日に初七日、二十七日には百箇日法要を引き寄せて行い、須藤は喪を秘していた鬱積《うっせき》を晴らすかの如く、立て続けに仏事を済ませた。十二月二日、山元町にて形見分けが行われることも決まった。これは、現在の当主である源蔵の招きとなる。まだ山田家の親類となっていない源五郎は形見分けから外され、その日は湯長谷藩の父の元に泊まることになった。

源蔵が屋敷の蔵を開け、山田家の親戚一同や縁者へ織物や扇子、金銀などを配った。

その後、恩人である須藤夫妻と梅之助を改めて座敷に招じ入れ、山田家秘蔵の品々を贈った。日常周りのあれこれを差配し、陰で支えてくれた須藤の妻には絹の縞《しま》織物を一反、父母同様自宅と山田屋敷とを数え切れぬほど往復し世話を焼いてくれた梅之助には、銀で装われた同田貫《どうだぬき》を渡した。

須藤五太夫へは、月山利安《がっさんとしやす》の刀を差し出した。これは大判金一枚七両の値打ちを保証する折紙付きの、高価な逸品であった。

＋

その夜、須藤は久方振りに屋敷の仏間で源蔵と二人だけとなった。

酒を用意させた後は小者にも先に休むよう伝え、火鉢と徳利を間に置き、差し向かいになった。

「此度のお骨折り、誠に御苦労様にございました」

源蔵が丁寧にいって、須藤の杯に徳利の清酒を注いだ。源蔵は返杯を受けようとせず、自らの器を酒で満たす。公に山田家の当主となっても、源蔵は須藤五太夫を師として遇し、その態度に変わりなかった。

須藤は一杯の清酒で眩暈《めまい》を感じた。先代の死から我慢してきた酒は胃の底を熱くし、むしろ落ち着きを奪うようであった。思えば病みがちな先代の代わりに御様御用を務めるようになった時から、世継ぎのない山田家の先行きに不安を覚えていたのだ。ようやく暗雲が晴れ、山田家に平穏が訪れたと断じても今や何の障りもあるまい……しかし。

須藤は、酒気を頬に表した若き当主を見詰める。すぐに源五郎と代替わりさせねばならぬ、という新たな役目が思い出され、憂鬱になった。面を伏せた須藤へ、

「お話がございます――」

改まった様子で源蔵がいった。余人を交えず酒宴の席を設けたい、と伝えられた時から、込み入った話があるものと須藤も察していた。源蔵は居住まいを正すと、

「源五郎は、立派な侍」

眼の中で火鉢の炎が小さく瞬き、

「あの揺るぎのない剣技。それがしなど足元にも及びませぬ。山田家の世継ぎとして間違いなく務めを全うしましょう。遠からず、源五郎の養子願いが御公儀に許された時は……それがしの役目は終わったこととなります」

声を震わせ、「その後は山田家を離れ、紀伊国に戻ることを望んでおります。ご期待に沿えなかったこと……深くお詫び致します」

畳につくほど頭を下げ、そう詫びた。

――この者らしい、純粋な言葉じゃ。

須藤は、和歌山藩邸の長屋で瀬戸親子に、三四郎の養子入りを懇願したことを思い起こす。遥か昔のように感じるが、未だ二月《ふたつき》半経ったというにすぎない。

――山田家は、瀬戸三四郎が源蔵となることによって、救われたのだ。

「……源蔵殿」須藤は杯を床に置き、

「此度、山田家を巡る一連の騒動に、そなたを巻き込むこととなった。こちらこそ、お詫びをせねばならぬ」

こうべを垂れ、「さぞ心労されたことと存ずる。されどそなたのお陰で、山田家は絶えず受け継がれると決まったのだ。そなたと源五郎の二人がおれば……」

「それは、叶わぬのです」

源蔵の声は憂愁の色を帯び、「長谷沼謙介殿の申されたこと、真実にござりまする」

「いかなる話か」

「それがしこそ、己の罪を棚に上げて兄弟子に業を擦りつけた、武士にあるまじき者にござる」

驚く須藤へ、

「門人の中から、試し斬りの人数に選ばれた折り、それがしは刑場で恐れの余り、長谷沼殿に代わりを頼みました」

両手を畳に突き、「かの者が礼金の一部をくすねたのは真にございます。されど、それをそれがしが補ったのは、寛容からではありませぬ。試し斬りの肩代わり、その見返りとして長谷沼殿から命じられたことにございます」

――左様であったか。

想像もしていなかった話であった。源蔵は泣いていた。涙が手の甲に落ち、

「長谷沼殿は日頃の素行から、他の門人に憎まれておりました。ゆえに、それがしの罪は隠されることとなったのです。業を恐れるばかりの、情けなき所業……お分かりいただけましたか」

山田家を継ぐことのできる器ではないのは、己自身がよく知っていよう――長谷沼の雑言が蘇る。

絶句する須藤へ、源蔵は言葉を詰まらせながら、

「破門とされることも、覚悟しております。その上で、それがしを国元へお帰しください。お願い致しまするる」

——一度の試し斬りも経験しておらぬ者に、儂は首打役を頼んでいたのか。

先代が亡くなったばかりで、試刀を練習させる場にいても上の空であり、刑場に十人以上いた門人それぞれに気を配ることができなかった——

「——源蔵殿」

須藤はふと肩の力を抜き、「拙者からも、お願いがあり申す」

「山田家からの離縁、慎んでお受け……」

「まず、面を上げられよ」

須藤を見返す、真っ赤な両の目。

「源五郎の剣の才は確かに、これまで見た覚えのないほどのもの。このまま精進すれば、先代さえ超えるやもしれぬ……それはそうと源蔵殿、そなたは作刀を見たことがおありか」

いいえ、と訝しげに首を振る相手へ、

「儂は、灰が舞い火花の散る刀鍛冶の仕事を眺めるのが好きでな。それで、刀を造るには元となる玉鋼《たまはがね》を打って薄く伸ばし、水に浸けて冷やしたのち、叩いて硬い鋼と柔らかい鋼とに分ける。この時、細かく割れた部分が硬い皮鉄《かわがね》となり、砕けなかった方が柔らかい心鉄《しんがね》となる……源蔵殿、お分かりか」

声に力を込め、「硬い鋼というものは脆《もろ》い。源五郎を見よ。かの者の腕は揺るぎない。されど若年だけに何か危ういものが、儂には感じられてならぬのだ。心鉄を皮鉄で包むことで、初めて硬く柔らかな刀身が出来上がる――源蔵殿、山田家の心鉄の役目を担ってはもらえぬか」

「それがしを哀れんでのお言葉は、ご無用に……」

「違う」

已でも驚くほどの大声が口を衝《つ》き、

「そなたも養子願いの折り、御上のそれぞれへ賄賂を贈ったのを覚えておろう。彼らの顔に浮かぶ喜色を。あれらの顔が一つでも不快に歪めば、山田家の命運は尽きる。この御家は、嵐の海に揺さぶられ続ける小舟も同然」

心を落ち着かせようと、酒を注いだ杯を一息に呷《あお》り、「……この世は、白とも黒ともいえぬ灰色の領分が真に多い。儂もすでに老齢。源五郎一人、灰色の海に残すは忍びないのじゃ」

「……それがしにできることがあるとは、考えられませぬ」

「そなたの刑場での行いなど、御公儀内に巣くう深い灰色に比べれば、何ほどのこともない。そなたは、試し斬りを他者と代わった事実をここで伝え、ついに黒に染まらなかったではないか。儂は改めて思う。山田家には、そなたが入用じゃ。そなたなら御家に振り掛かる灰と火の粉の下でも、心鉄となることができよう。本家として源五郎を助けてくれまいか」

源蔵が項垂《うなだ》れる。しかしこちらの言葉が届いたのか、否とはいわず、

「……本家と当主の家、二つ存在することになります」

「構わぬ。御家としての〝山田〟は源蔵殿が守り、試刀家としての〝浅右衛門〟は源五郎が継ぐ。

そなたの住む平河町を本家とし……山元町には昔、藁を売る店があったと聞くゆえ、ここは〝藁《わら》店《だな》〟と呼ぶ。いかがか」

「……それが、須藤様の願いにございますか」

「それこそがこの老骨、たっての願いにござる」

源蔵よりも深くこうべを下げた。しんと静まり返った仏間に、分かりました、と呟《つぶや》くような源蔵の声が小さく響いた。面を上げると、両目を真っ赤に染めた源蔵が、

「山田家を支えること、天命と致しまする。それがしにできることがあれば、何なりと致しましょう。ですから」

ようやくその顔に微《かす》かな笑みが浮かび、「涙をお拭きくだされ」

須藤は己の頬に触れ、今になってこちらも泣いていたことに気付く。須藤は徳利を取り上げ、自分と源蔵の杯を満たした。吉寛様、と心の中で呟き、

――御家も試刀術も次の代へ渡すとの約定、これで果たせるものと存じまする。

須藤は若き当主とともに、互いに泣き顔を崩して恥ずかしげに笑い合い、杯の酒を飲み干す。

――旨い。

心の底からの安堵に酒気を交ぜ、大きく息を吐き出した。

水心子の刀

一

将軍家の御様御用《おためしごよう》（刀槍《とうそう》の試し斬り）を代々務める山田浅右衛門《やまだあさえもん》家の当主は、必ず三つの試刀術を会得《えとく》せねばならない。

〝三ツ胴裁断〟と〝釣リ胴裁断〟、〝払イ胴裁断〟である。

〝三ツ胴〟とは読んで字の如《ごと》く、人体を三つ重ねて一刀両断すること、〝釣リ胴〟は人体の両手首を一つに縛って釣り下げ、その三ノ胴――鳩尾《みぞおち》の辺り――を薙《な》ぎ、〝払イ胴〟は立ったままの人体の三ノ胴を横に払う技術である。いずれも至難の技であり、三つの試刀術の全てを一度で仕損じることなく成し遂げたのは、初代・浅右衛門貞武《さだたけ》の他にいない。

四代目・浅右衛門吉寛《よしひろ》の高弟である須藤五太夫睦済《すどうごだゆうむつずみ》は当主の死に臨み、山田家に新たに迎えた三輪源五郎《みわげんごろう》なる若侍へ、三つの試刀術を確かに伝えねばならぬ責務があった。しかしその他にも、当主の代替わりについて公儀の許しを得ねばならず、さらに須藤自身、伊予国今治藩《いよのくにいまばり》で近習《きんじゅう》を務める身でもあったため、なかなか思うようにことは運ばなかった。

天明《てんめい》七年（一七八七年）三月、須藤は、山田家に源五郎を迎えるための〝養子願い〟と〝跡職《あとしき》願い〟を腰物方《こしものかた》へ内々に提出した。前年の閏《うるう》十月には「瀬戸源蔵を養子に」と各所へ須藤自身が働き掛けたこともあり、連続しての上申に悪目立ちせぬよう、時に源五郎の実父である三輪源八《げんぱち》に代理を頼み、陳情を重ねた。二十七歳の源蔵の養子に二十一歳の源五郎を、という少々強引な願いだったが、源蔵に剣の素質がない以上、山田家としてはやむを得ぬ措置であった。

源蔵の病気を理由にした代替わりの口上書は腰物奉行・芝村源左衛門《しばむらげんざえもん》へ無事に届き、最後に源蔵の隠居願いを出すよう、との忠言も得ることができた。

＋

麻布《あざぶ》の三輪宅で養子縁組の相談を済ませ、新橋《しんばし》の住まいに戻った須藤五太夫は、もう暮れ方になろうというのに、妻の富《トミ》が近所の武家長屋で熱を出した子供の様子を看《み》にいったとかで、不在なのを下男から聞いた。トミは山田家で丸薬などを作って売るうちに様々な病に興味を持って素人ながら詳しくなり、今では町医者の代わりとして、周囲で重宝されていた。

——忙しいことじゃ。

下男に注がせた煎茶を一口飲み、息をつく。

——儂《わし》もまだまだ、すべきことは多い。

養子願いの内許を得たからには、できるだけ早く源五郎の養子縁組の祝事《いわいごと》を執り行いたかったし、各所へも新たな当主の顔見せをして回らねばならない。その一環として今晩も、日本橋浜町《にほんばしはまちょう》の刀鍛冶を訪ねることになっている。

玄関から、ご免下さいませ、という聞き慣れた声が届き、応じようとした下男を制して自らが立ち上がった。今治藩の中間《ちゅうげん》であった。試し斬りの手当を得ている須藤は藩の長屋を離れ、狭いながら町人地を借り寓居《ぐうきょ》を構えており、藩邸に急用がある際には知らせが来ることになっていた。

藩主の出府《しゅっぷ》は六月からであったし、将軍の喪中ということもあって大名間の行き来もないため、若殿を警固する役目も当分ないものと思っていたが。

——何か、御家に大事が。

もっと頻繁に藩邸の様子を伺いに参るべきだったか……気持ちを引き締める須藤へ、中間は二通の書状を差し出した。

「……国元からか」訊《たず》ねると、

「左様です」

定府《じょうふ》となって以来、伊予国には久しく帰っていなかった。二通のうち一通には「須藤五太夫殿」と丁寧に宛名が書かれ、もう一通には「すどうごだゆさま」とぎこちない文字が記されている。須藤は首を傾《かし》げつつ、丁寧な文字の書状を広げ夕日へ向けると、差出人は「青野太兵衛《あおのたへえ》」とある。

——おお、太兵衛か。

懐かしい名に、思わず口元が綻《ほころ》んだ。青野太兵衛宗晴《むねはる》は、須藤にとって幼少より知る友であり、今治の学問所でともに読み書きを習い、剣術道場で腕を競った相手だった。

須藤が十六の歳、父に連れられ出府して以来、関係は途切れたが、今でも侍らしい引き締まったその顔立ちと剣の冴えは、有り有りと思い描くことができる……文面を読み進めるうちに、須藤は手紙を握り締めていた。

——これは。

己の病を切々と訴える、深刻な内容であった。太兵衛だけでなく、家族の皆が体の不調を訴え、〝それもこれも寒さと飢饉《ききん》を源とする病にて〟……つまり、山田家の薬を送って欲しい、との話だ。

手紙の末尾に書かれた日付は〝一月〟とあるが、今年の冬がそれほど厳しいものであったとは、聞いた覚えがない。須藤はもう一通の書状を開いた。文章は短く全て平仮名で〝あきよりまいるまつ〟とだけあり、乱れた文字はひどく差し迫ったものを感じさせる。

——安芸《あき》より参る、か。

まつ、とは〝待つ〟の意か、あるいは女人の名前であろうか。しかし〝マツ〟の名はありふれており、思いつく人物もいない。どちらの書状も奇妙な感があった。

中間が何かいいたそうに立っており、

「……少々いいわれがありまして」

困ったように、「先日国元の、御右筆《ゆうひつ》付きの組頭《くみがしら》が亡くなりました。その際に……組頭の家から、沢山の書状が見付かったのです。その者は、江戸詰めの藩士へ送る手紙を集める役も担っておりました。ですが数年分の便りを送らず、櫃《はこ》の中に溜《た》め込んでおったのです。ゆえに此度《こたび》、見付かったものをまとめて飛脚便で江戸に送って来た、という次第です」

「……ならば、この二通も今年の書状ではない、という話か」

「左様です。どのくらいの間、溜め込んでいたのかも分からないのですが……恐らく二、三年であろうと」

「何ゆえ、これまで発覚しなかったのであろうか」

「御家中のうち、重職にある者の書状は送っていたらしいのです。徒士《かち》や足軽以下の手紙が多く溜め込まれておりました」

「費用の節約であろうか……いや、出府する者に預ければ、飛脚を用いずとも届けられるはず。事情は不明となれば、この二通についての子細も分からぬのだな」

「へい……内容を勝手に読むことは憚《はばか》られますし、溜められた書状は何十通もあり、送り主に一々確かめておってはさらに届くのが遅れるということで、とにかく早く宛名の者へ届けよ、と御右筆が指示されました」

――奇妙な話じゃ……待て。

伊予国の飢饉といえば、三年前に不作のために起こり、諸物価が高騰して国人が困窮したと聞く。国元の飢饉は確かに、一月であった。江戸でも、藩邸に送られる米を減らすなどして応じ、大いに心配したものだ。

――便りは、その際のものではないか。

こちらから山田家の薬を送るなど造作もない話だが、三年も経《た》っていれば太兵衛の事情も変わっていよう。さらに――〝あきよりまいるまつ〟の手紙は内容も差出人も、曖昧模糊《あいまいもこ》として見当すらつかない。

――何者かの悪戯《いたずら》であるのやもしれぬ。

山田浅右衛門の高弟に収まった己を妬《ねた》むものがいても、おかしくはない。

須藤は不安そうな中間を労《ねぎら》い、上屋敷へ帰した。旧友のことを思うと不安は拭えず、

――事情を知るものを探さねば。

そう考えるが、しかし私情の前にせねばならぬことは幾つもある。すっかり冷えた茶を飲み干して下男を呼び、握り飯でいいから夕餉《ゆうげ》を作ってくれ、と命じた。後、半刻（一刻＝約二時間）もすれば、源五郎と内藤新十郎《ないとうしんじゅうろう》がやって来ることになっている。

小者を連れず、三人だけで出羽国《でわのくに》山形藩お抱えの刀鍛冶・水心子正秀《すいしんしまさひで》を訪れると決めたのは、先方の迷惑にならぬよう、との配慮であった。

＋

内藤新十郎の後ろにつき、高い塀の連なる武家地を三輪源五郎とともに歩いていると、何処《いずこ》かの長屋から酒盛りの陽気な歌声が須藤の耳に届いた。風が三人の持つ提灯《ちょうちん》を揺らし、足元の淡い光を明滅させた。

新たに当主に迎える源五郎の剣の技量は、疑いない。それだけに、焦ってはならぬ、と須藤は何度も己を戒めていた。〝三つの試刀術〟を会得させるだけでなく、将軍家の御様御用を務める者として、相応《ふさわ》しい振る舞いを身につけてもらわねばならない。源五郎は常より少々猫背であっても腹

は据わっており、侍として日頃の挙措《きょそ》で恥をかくようなことはなかろうが、やはりまだ二十一の若者、世間知らずの言動も見え隠れする。じっくり試刀術を教えるとともに江戸の生活に慣れさせるべきだが、そう悠長にもゆかぬわけがあった。

先代の将軍の死去より、すでに半年以上経っている。いよいよ世継ぎの家斉《いえなり》が新将軍に納まるのでは、と市中では噂されていた。

そろそろ着きますぞ、と内藤が振り返り、須藤と源五郎へ声を掛けた。内藤新十郎は須藤と同世代の旗本で、山田家試刀術の門下生であるとともに、自身で作刀も行う多芸な男だった。刀鍛冶は水心子正秀に学んでおり、その縁を頼ることで、こうして水心子の鍛冶所を訪ねる機会を得たのだ。

市中では近頃、水心子正秀は刃文の美しい刀を打つ、との評判が立っている。須藤自身も、楽しみにしていた訪問であった。

十

山形藩の中屋敷の門番に、鍛冶所の見学に参ったことを伝えると、すぐに内へ通してくれた。藩主の住居でないとはいえ少々警備が甘いのでは、とも思うが、水心子目当てに訪れる者がさほどに多い、という話であるのだろう。水心子も山形藩に抱えられているとはいえ、そもそも刀鍛冶は大抵微禄であるため、他藩の注文を受けねば成り立たぬはずだ。

鍛冶小屋は庭の隅にあり、近付くにつれ熱気を感じるようになる。須藤と内藤は提灯の火を吹き消し、源五郎へもそうするよう促した。幾人もの侍が、小屋の入口や窓から鍛冶所を覗き込んでいる。須藤らもその中に加わり、建物の内へ首を伸ばした。

火床《ほど》に敷き詰めた炭から、炎が大きく立ち昇っている。耳の大きな中年の男が火箸でつかんだ刀身を火に晒《さら》し、もう片方の手で鞴《ふいご》を動かして炎の大きさを整えている。あれが水心子殿か、と内藤へ確かめると、左様です、との答えが返ってきた。水心子の周りには、床に散った炭を集める者、土埃《つちぼこり》が舞わぬよう柄杓《ひしゃく》で水を撒《ま》く者などがいた。全員が弟子であろう。

「刀というものは、柔らかい心鉄《しんがね》を硬い皮鉄《かわがね》で包み伸ばすことで、形作られる」

須藤は傍《かたわ》らの源五郎へ、

「硬いだけでは、折れやすい武具となってしまう……その話は、道々にしたな」

源五郎は刀鍛冶を見詰めたまま、頷《うなず》いた。刀作りに心を奪われている。侍の男子であるなら、当然のことであろう。

——源蔵殿も連れて参りたかったが。

源蔵は病気療養中、ということになっている。病いの回復が見込めぬゆえ源五郎を養子と跡職に迎えたい、と公儀へ上申したのだから、不自由でもしばらくの間は外出を控えさせねばならなかった。

鞴で風を送られた炭がいっそう高い炎を吹き出し、水心子の真剣な顔を照らし上げる。

須藤は道中、内藤から聞いた話を思い起こした。水心子正秀は出羽国に生まれ、農具作りを始めることで鍛冶の道に入ったが、やがて刀鍛冶への転身を志し、武蔵国《むさしのくに》で作刀を学んだのちに山形城主・秋元永朝《あきもとつねとも》にその腕を認められ、お抱えの刀工となった。四年ほど前に出府し、ここ山形藩中屋

敷に鍛冶所を構え、以降は江戸に常住するという……源五郎へ、

「刀の形を整えたのち、粘土を塗り、ああして火にくべる。土は刃に薄く塗り、他は厚く塗る。刃の部分をよく熱し、最も硬くするためじゃ」

水心子は炎の中の刀身から目を逸《そ》らさず、鞴の柄を細やかに前後させ、火の大きさを整えている。

「刀の〝焼き入れ〟を夜の闇の中で行うのは、わけがある」

刀身が赤色を放ち、辺りに火の粉が舞う。炎を鼻梁《びりょう》で照り返させる若侍へ、

「熱せられた刀に現れる微《かす》かな変化を、絶対に見逃さぬためじゃ。ここで刀の出来は決まる」

やがて水心子が炎から刀を抜き出し、傍らの水船に浸した。驟雨《しゅうう》の如き激しい音が鳴り、湯気が濛々《もうもう》と舞い上がる。真っ赤に輝く刀がたちまち光を失い、水の中に黒々と消え、そして鍛冶所に静寂が戻った。風を止められた火床の炭が、今も少し炎を揺らめかせている。

水心子正秀は大きく息を吐き、「本日はここまで」と宣言すると、弟子に渡された柄杓の水を一息に飲み干した。見物人たちが名残惜しそうに一人二人と小屋を離れ始め、弟子たちは室内の燭台に火を点けて回り、道具や炭を片付ける中、入口から覗く顔に水心子が気がつき、

「おお、内藤殿……すると、隣におられるのは山田家の方々ですか。どうぞ、中へ。遠慮はご無用」

首に掛けた手拭いで顔を拭きつつ、須藤ら三人を招じ入れてくれた。初めて鍛冶所に足を踏み入れた源五郎は物珍しそうに、壁に掛かった色々な大きさの火鉢や鑢《やすり》を眺めている。

須藤も小屋の内を見回した。水心子の鍛冶小屋の注連縄《しめなわ》は入口だけに渡され、天目一箇神《あめのまひとつのかみ》を祭った神棚も簡素で、呪《まじな》いじみた仰々しさは何処にもなく、実用を重んじる気風が漂っている。

――内藤のいった通りらしい。

水心子正秀は常々、各地の刀工へ便りを送っては教えを乞い、日々鍛法の研究を重ね、しかし身につけた技術は隠すことなく誰にでも伝え、報酬も求めぬという。

刀を浸す湯の温度を知ろうと差し入れた徒弟の手を斬り落とした、などという昔話もあるほど、とかく手法を隠したがる刀工の多い中で、水心子は独自のやりようで皆の尊敬を集め、弟子入りする者が後を絶たぬということであった。須藤は刀鍛冶へ頭を下げ、

「拙者は山田浅右衛門家門人・須藤五太夫と申す。この者は」

傍らで姿勢を正す若者へ目を遣《や》り、

「山田家に養子に入ることになりました、源五郎にござる」

「山田家のご養子となれば……次のご当主ということになりましょうか」

「左様にござる。向後、よろしゅうお付き合いくだされ」

源五郎が一礼する。〝山田浅右衛門〟と聞き、周囲の侍らが騒《ざわ》めくが、

「御様御用を務める方々にお越し頂けるとは、光栄なこと。こちらこそ、よろしくお願い致します」

柔らかに応じる刀工の態度に、須藤は安堵した。かように控え目な人柄なれば、以後よい付き合いもできそうだ。水心子へ、

「本日鍛えられていた刀は、どのような」

「これは藩主からのご依頼です。他藩へ刀を二振り贈りたい、と。一振りはもう研ぎも終わり、銘を入れるだけとなっていています……お見せしましょうか」

是非、と頼むと水心子は室内の簞笥《たんす》から布に巻かれた一品を取り出し、須藤に手渡した。布を外し、中身を露《あらわ》にすると、反りの低い刀身が燭台の明かりを弾き、鋭い光を放った。

――うむ。

切っ先を燭台へ向けた途端、見事な刃文が浮かび上がり、須藤は唸《うな》り声を上げた。

「源五郎、こちらへ来て見よ」

若侍を近寄らせ、「荒波のように刃文が豪快にうねっていよう。濤瀾刃《とうらんば》という。鎌倉や戦国の世にはなかった模様じゃ」

「左様にござる。流石《さすが》、お詳しい」

水心子が満足げに頷き、「大阪の刀工・津田助広《つだすけひろ》殿が創意された刃文です。近年になってようやく、思い通りに写すことができるようになりました」

「幾つかの写しは目にしており申したが……これほど見事な濤瀾刃を実見するのは初めてにござる」

ただの乱刃《みだれば》とは明らかに違う。刃縁から白い霞《かすみ》のように匂いが美しく散り、大波を壮麗に飾っている。源五郎に渡すと、刀に光を当て眺めるが、その顔付きはなぜか冴えず、

「いかがした」思わず須藤が訊ねると、

「……いえ」

浮かぬ顔のまま刀を内藤へ渡し、「何でもありませぬ」

「訝《いぶか》しき点があるなら」水心子の温和な顔に不安が走り、「何なりと、お申し下され」

「……ふと、疑問が浮かび申した」

「疑問とは」

「刃文の見事さは、その刀の切れ味と関係がありましょうか」

水心子もその弟子たちも、言葉を失ったらしい。須藤は慌てて、これ、と窘《たしな》め、

「切れ味は、刃文の美しさだけで決まるものではない。が……先ほど教えたろう。刃は刀の中で最も硬い。刃文が大きければ、それだけ硬いところも広いことになる。切れぬはずがない」

「されど……このように硬いところを増やせば、それだけ欠けやすく、折れやすくなるのではありませぬか」

「源五郎殿」水心子が、きつい顔付きで割って入り、

「確かに刀は、見た目だけで語るものではありませぬ。しかし、これは贈答用の刀です。美しさも肝要。津田助広の濤瀾刃といえば、かの刀剣鑑定の大家である鎌田魚妙《かまたなたえ》にも大いに認められた、当今流行《はや》りの意匠にござれば……」

「流行りなど」源五郎は、驚くほど険しい面持ちで、

「そのものの値打ちに、何の係わりもありませぬ」

「無礼なことを申すな」

室内の戸惑いの気配が、源五郎への憎悪に変わろうとしているのを須藤は察し、

「刀あっての試刀家ぞ。刀がなくば、試刀術もあり得まい」

ようやく源五郎も己の非礼に気付いたらしい。面《おもて》を伏せ、

「……場をわきまえぬ無礼な振る舞い、失礼つかまつった。ご容赦を」

「源五郎は剣の腕は確かなれど」須藤も頭を下げて言葉を添え、「若年ゆえに刀の本領というものが分かりませぬ。田舎から出て参ったばかりのため、水心子殿の高名も知らず……」

「剣の腕は確か、といわれたな」

水心子の顔色は、燭台の仄《ほの》かな明かりでさえ青ざめているのが分かり、「それは、真《まこと》ですか」

「……そればかりは、間違いなく」

謙遜すべき場面であったが、「いずれ、初代浅右衛門にも劣らぬ試刀家になるものと……」

ここで、次の当主を下げる発言をしたくはなかった。

――拙《まず》いことになった。

これ以上、どういい繕うべきか迷う須藤へ、今日のところはお引き取り下さい、と水心子が静かにいった。しかし声には怒りが滲《にじ》み、

「また、それがしの刀をお見せする機会もありましょう」

「出直しまする。此度の非礼は、その際に必ず償いますれば……」

ご免、と籠《こも》った声が入口から聞こえ、振り返ると、宗十郎頭巾《そうじゅうろうずきん》を被《かぶ》った小太りな男がそこに立っていた。両替屋の主人といった風情であったが、腰には刀を二本差しており、

「もう夜半になるというに……大変な繁盛ですな」

覆面で顔の下半分を隠したまま、ぞんざいにいう。これは、と水心子が弟子とともに慌てた様子で一礼した。今が引き時、と見た須藤は内藤へ目配せして源五郎の腕を取り、「失礼致す」といい置き、鍛冶小屋を離れ山形藩邸から急ぎ去った。

二

——源五郎には、困ったものじゃ。

自宅で目覚めた途端、須藤は苦々しく昨夜のことを思い出した。朝陽が青く、隣で寝息を立てるトミの姿を照らしている。昨夜は妻の方が先に床に就いていたため、言葉を交わすこともなかった。

茶ノ間で囲炉裏の火を起こした。胡坐《あぐら》をかいて炭を突《つつ》くうちに、また昨日の源五郎の言行が頭に浮かび、須藤は溜め息をつく。試刀家が刀工を愚弄《ぐろう》するなど、あってよい話ではない……されど。

——されど、源五郎のいい分も間違っておるわけではない。

面と向かって伝えるべき言葉ではないにしろ、刃文が大きくなるほど刀は脆《もろ》くなる、とは道理であった。形見分けで山田家から譲り受け、須藤の差し料となった月山利安《がっさんとしやす》の古刀も刃文は狭く、その分、綾杉肌《あやすぎはだ》と呼ばれる柾目《まさめ》を波打たせたような月山派独特の模様が地鉄《じがね》に大きく浮かび、厳《おごそ》かな凄みを放っている。

——知ったばかりの知識からあのように判じるとは、聡《さと》い男子だ。

そう考えれば頼もしくもあったが、無礼を見過ごすわけにはいかぬ。水心子だけでなく、弟子たちにまで恨まれては、やがて彼らが独り立ちした際、山田家の悪評が広まることにもなろう……帰り道、須藤は懇々《こんこん》と源五郎へ試刀家としての振る舞いを教え諭し、内藤が間に入って取りなすほど繰り返した。源五郎は素直に頷き異を唱えることもなかったが、何か覇気のない様子が気になった。

——元々、本意の読めぬ若者ではあるが。

源五郎は口数が少なく、なかなか腹を割って語り合うこともできぬ。須藤にとっては、少々扱いづらい人物であった。

——このような時に、源蔵殿がおれば。

名目上の養父・山田源蔵なら歳が近いこともあり、うまく源五郎を扱えるのではないか。鍛冶所でも、もっと上手に窘めることができたやもしれぬ。あの時、新たな来客がなければ……

——はて。

現れた宗十郎頭巾の侍は何者であったのか、と今頃になって疑問が浮かんだ。もう夜半になるというのに……と口にしていたが、かの者こそあのような時刻に、いかなる用があったのか。藩邸の門番が易々《やすやす》と通したということは、頭巾で顔を隠していても怪しい者ではない。腰の刀は、梨子地《なしじ》塗《ぬり》の豪華な拵《こしら》えであった——高貴な人物、ということか。

しかし今にして思い返せば頭巾の侍を見た瞬間、水心子の顔に不快の色が走ったように思う。招かれざる客……須藤はかぶりを振る。

——いや、儂には関係のない話よ。

湯を沸かす支度をしようと立ち上がった時、トミが奥座敷から起き出して来た。

「……子供の発熱は、いかがであった」

須藤が昨晩の話を訊ねると、竹瀝《ちくれき》(竹の油)を飲ませるとすぐに引きました、と妻は答え微笑んだ。

三月十四日吉日、山元町《やまもとちょう》二丁目の山田家〝藁店《わらだな》〟にて、源五郎の養子縁組の祝事が執り行われた。

源五郎は改めて早暁に、三輪宅から父・源八《げんぱち》、母・ナオとともに源蔵の待つ藁店へ入った。正客は須藤五太夫・梅之助《うめのすけ》父子と山田家門人数名、他は奉公人のみ、というごく内輪の催しとして、杯を交わしたのち本膳を食し、騒ぐことなく養子縁組を祝った。

食事の途中、門人の一人が「源五郎殿が嫁を貰うと聞き申したが」といい出したため、須藤が新たな養子の代わりに否定せねばならず、

「かの縁談は、儂の勇み足であった」ことさら瑣事《さじ》に聞こえるよう、

「先代の浅右衛門様のこともあり、何しろ急ぎすぎた。何、すぐにでも新たな良縁は得られよう。今度は刀を腰に差して歩くような、武張った女子ではなく……」

「武張ってなど、おりませぬ」

思いの外強い言葉が、源五郎の口を衝《つ》き、

「お里久《りく》殿は世の流行りなどに左右されぬ、というだけのこと」

では、そのような女人を儂が見付けてみせよう、と須藤は笑い飛ばした。そうして、咄嗟《とっさ》に白けそうになる場の気分を取り繕ったのだが、内心は驚いていた。源五郎の気難しさの源が、渡部《わたなべ》里久であったとは。

――縁談を断られた相手に、今も恋い焦がれておるのだ。

しかし覆水は盆に返らぬ。山田家のためにも、新たな嫁を早《はよ》う探さねばなるまい……ふと、上座に座る源蔵を見ると、養子よりわずかに年上の養父は、門人らの他愛のない話に耳を傾けて微笑み、食事は余り進んでいない様子だった。病気、とは公儀へ向けての建前であったが源蔵の顔色は冴えず、本当にどこか具合が悪いようにも感じられた。

その後、須藤は源蔵とともに役所への届け出を計十八通書き上げた。源蔵は青い顔をしていても、筆の運びは確かであった。

須藤は源五郎を連れ、腰物奉行や南北町奉行、伝馬町牢屋奉行《てんまちょうろうやぶぎょう》のみならず奉行所の与力衆《よりきしゅう》や牢屋役人・森江徳右衛門《もりえとくえもん》――日頃から山田家にたかっていた者――まで何日も掛けて回り、願書を提出して回った。無論、幾許《いくばく》かの賄賂を携えての挨拶であった。

その最中も、源五郎は堂々と振る舞った。役人の中には恩に着せようとする意地の悪い者もいたが、そのような場合にも顔色一つ変えず受け答えする様は、むしろ不遜《ふそん》に見えるのではと須藤が心配するほどであった。源五郎は源蔵と違い、相手の気色を見て柔軟に応対する、という心配りが足りないのだ。

挨拶回りの合間にも、須藤はそれとなく妙齢の武家の娘がいないか、訊ねてみたりもした。言葉を濁す者が多く、それは源五郎が〝山田浅右衛門〟の世継ぎであるからに他ならぬのだろう。

源蔵は平河町《ひらかわちょう》の本家に戻り、須藤も今はほとんど新橋の寓居で暮らしているため、源五郎は藁店に一人残される恰好《かっこう》となった。離れに住む小者の幸八《こうはち》・久介《ひさすけ》父子が世話を焼いてくれたものの料理は得手といえず、干し魚を焼いて香の物を並べるだけで味噌汁もなく、趣のない日々であった。

源五郎は師である須藤のいいつけ通り、剣の修業は怠らなかった。木刀で素振りをし、立て掛けた畳の合わせ目に刀を斬り下ろし、巻き藁を断った。今は真剣を掲げ、気合いとともに打ち下ろすのを繰り返している。しかし……幾ら稽古に励んでも、源五郎は邪念を払えずにいた。ことあるごとに、渡部里久の姿が思い浮かぶのだ。

――未練がましく。

奥歯を噛み締める。すでにリクは先手弓組与力《さきてゆみぐみよりき》・向井重之助《むかいしげのすけ》の元へ輿入《こしい》れしており、他にどうなる話でもないことは源五郎自身、深く了解したはずであった。されど――心中から、その凜々しい形姿《なりかたち》を消すことができぬ。それが何ゆえか、源五郎には分かっていた。

――儂の生き方とは何もかも違う、からだ。

陸奥国湯長谷《むつのくにゆながや》藩主・内藤雅之進政広の臣、三輪源八の息として生まれてよりこれまで、父母から命じられるまま、逆らうことなく従順に生きてきた。決して裕福な藩士ではない父も、山田浅右衛門の血を引く母も気位は高く、次男であった源五郎へも文武を奨《すす》め励ましてきた。

山田家の養子となる話が持ち掛けられた時には両親ともども喜び、これで独り立ちして兄上の厄介にならずに済むと安堵したものだ。三輪家の一利となるのを本分とし、疑ったことすらなかった。

しかし――源五郎は、渡部里久と出会ってしまった。

――あのような女人、陸奥で見たことがない。

若衆のような恰好で、腰に刀を差す女人など。それは、輝くばかりであった。さらに――その姿は、他の身なりが想像できぬほどリクに似合っていた。

形姿が麗しい、というだけはない。あれほど自らを貫いて端然と美しさを放つ人を、源五郎は他に知らなかった。表面の美ではない――源五郎は刀を鞘《さや》に収め、濡《ぬ》れ縁《えん》に腰掛ける。剣に専心し切れぬ己を恥じたが、リクの姿を邪念とは呼びたくない思いもあった。

先日、刀鍛冶の水心子正秀の鍛冶所で濤瀾刃を見せられた際、俄《にわか》に嫌悪が込み上げたのは、それがただの流行りの刃文、上辺だけの美と見えたからだ。無論、リクのことが念頭にあったのは間違いない。見せ掛けのためだけに刻まれた文様に、いかほどの値打ちがあるものか――

――頭を冷やさねば。

リクはリクであり、己は己でしかない。

己の生き方は今の有りようの他なく……リクの人生と交わることもまた、決してないのだ。

――憧れとは夢想であり、現《うつつ》とは別のもの。

水心子正秀の作刀も同じではないか。世態に一致する刀を打って悪いことなど、ありはしない

……頼もう、という大声が玄関から聞こえ、井戸で水を汲んでいた幸八が応対に出た。すぐに引き

返して来ると、「奉行所のお使者です」と伝えた。

使者は胸を反らし気味に腰物奉行からの書状を差し出したが、見るからに落ち着かず、源五郎が知らせを受け取るや否や、山田家に長居は無用とばかり去っていった。玄関口で書状を開いた源五郎は驚き、

「至急、この手紙をそのまま須藤様の元へ届けてもらいたい」

幸八へ渡し、「御公儀からの試し斬りの依頼だ。まだ時期ではない、と須藤様はいわれていたが、この通り、一振りだが御腰物方の刀を試すことになった……頼んだぞ」

幸八が新橋へ赴くのを見届け、稽古に戻ろうとした源五郎に、また新たな来訪の声が届いた。

玄関に立っていたのは意外なことに、橙《だいだい》色の鮮やかな小袖を着た若い女人とその小者であった。聞けば、水心子正秀の娘であるという。

何のご用ですか、と訊ねると、今一度父の話を聞いて欲しい、と娘は答えた。

「これから、ですか」

困惑する源五郎へ、水心子の娘は温和な顔立ちに似合わぬきっぱりとした口調で、「是非」といった。公儀の書状を受け取り次第、須藤が薬店に駆けつけるはずだが、刀鍛冶からの招きを疎《おろそ》かにするわけにもいかない。水心子正秀へは、改めて詫《わ》びを入れねばならぬところであった。

「分かり申した……参りましょう」

薬店には久介を留守番に置き、須藤が参った際には、ことの次第を伝えるよう頼んだ。

小者に続き、水心子の娘と並び日本橋へ歩いていると、

「サヤ、と申します」大きな目が源五郎を見上げ、

「娘の私がお話を伝えに来たのは、内々の用件としてご相談したい、という父の考えからです」

「……心遣い、恐れ入り申す」

謝意を表する機会を、先方から与えられたことになる。

時折、こちらの顔をサヤが不思議そうに覗いており、

「……何か」

源五郎が訊ねると、

「いえ」サヤは小首を傾げ、

「山田浅右衛門様、とはもっと恐ろしげなお姿をされているものだとばかり、思っておりました」

「……それがしはまだ、浅右衛門の名を相続しておりません」

「でも、剣の腕は確かなのでしょう」

遠慮もなく源五郎の総身を眺め、

「自信がおありだからこそ、父の刀に異を唱えたのではないのですか」

「……左様な話では、ありませぬ」

――素直に謝れば、それで済むのだ。

深く頭を下げれば、水心子正秀の怒りを解くこともできるであろう。何も難しい話ではない。

――儂の人生は今や、山田家のためにある。

再び、心の中にリクの姿が浮かぶ。何かいいたげに源五郎を見詰めるのを、深く息を吸うことで打ち消した。

心の動きを察したように、隣でサヤがくすりと笑った。

＋

内々の用件としたい、とサヤがいった通り、山形藩中屋敷の鍛冶所には水心子正秀ともう一人、源五郎と同世代の刀工だけがおり、その者は水心子の嫡男・熊次郎《くまじろう》であるという。

水心子の眉間には皺《しわ》が刻まれ、先日より険しい顔付きだったが、丁寧に源五郎を小屋の中へ招いてくれた。布切れに巻かれた一振りの刀を渡し、

「これが、あの夜に焼いた刀です。彫物は、弟子の本荘義胤《ほんじょうよしたね》の手によるもの」

刀身に大きく、倶利迦羅《くりから》――刀に巻き付いた龍――の意匠が刻まれている。刃文はやはり、濤瀾であった。

「真に見事な――」

源五郎がそう世辞をいい掛けるのを、水心子はかぶりを振って止めた。

戸惑っていると、奥からさらに一振りの刀を持ち出し、

「こちらもご覧いただきたい」

倶利迦羅文様の刀を熊次郎へ預け、水心子の差し出した一振りを受け取ると、両腕にずしりとし

た重みが載った。布切れを開き、中の刀身を露《あらわ》にした源五郎は目を見張る。

真っ直ぐな刃文が鮮やかに浮かび上がり、刀身の全てが輝くようであった。

「これは――」

「これは、それがしの作ではありませぬ」源五郎へ小さく頷き、

「鎌倉の時代に、備前国長船《びぜんのくにおさふね》の景光《かげみつ》により作られた太刀です。このように見せ掛けの模様はなく……それでいて、刀自体が光を放つようではありませぬか」

思わず眉をひそめた。微《かす》かに、血の臭いを嗅いだように感じたのだ。水心子の方から、

「実際に戦国の世で用いられ、欠けることも折れることもなく、生き抜いた太刀です」

厳かな口調となり、「そして……これと同じものは、いかなる名工といえど作れませぬ」

「……何ゆえでしょう」

「かつて備前国では、質のよい水と砂鉄により作刀が栄えました。しかし天正《てんしょう》の頃、河川が氾濫して刀工・研師の集落とともに、その技術を押し流してしまったのです。備州《びしゅう》だけではありませぬ。相州《そうしゅう》や他の地も同様、時の移ろいの中に作刀の技は消えました。当時どのような鉄を用いたのか、どのように鍛えたのか……備州伝は一文字派を守る刀鍛冶が武蔵国におるとのことですが、何度手紙を書いてもその法を明かしてはもらえませぬ。そもそも、本当に古伝を受け継いでおるものかどうかも……いや」

鍛冶の神を祭った神棚を見上げ、

「それがしも、派手で人受けのよい乱刃《みだれば》を焼くことばかりに気を取られておるのではないのです。

むしろ、ところどころの古伝を調べ、その太刀のように質実ともに揃った刀を打ちたい、と願っております。されど」

俯《うつむ》くと、「それがしは作刀を、金七両二分で請け負っております。だが、本当に質のよい鉄を揃えようと思えば、それだけで数十両になるでしょう。先日、頭巾を被った侍がこの鍛冶所に参ったのを、覚えておられますか。あの方は……伊賀守金道《いがのかみきんみち》様のお使者なのです」

金道、と聞いた熊次郎とサヤの顔に一瞬、嫌悪が横切ったのを源五郎は見逃さなかった。その名は、世情に疎《うと》い己でさえ知っていた。

伊賀守金道とは、大坂の陣において徳川方のために刀千本を打ち上げた手柄により「鍛冶頭」の地位を与えられ、正親町《おおぎまち》天皇の御剣を鍛えた功によって「日本鍛冶宗匠」の肩書きを賜った初代から続く、京の刀工である。いわば、刀鍛冶の総元締めといえた。何ゆえここに、と驚く源五郎へ、

「金道様は御所（朝廷）に働き掛けて受領銘《ずりょうめい》――何々守という官位――を刀鍛冶へ与える権利を持っておられるのです……確かに官位を賜れば、刀工としての威厳も増しましょう。されど、受領銘を金道様に斡旋《あっせん》してもらうには謝礼に十両、さらに禁裏《きんり》・東宮《とうぐう》などへ十振りもの太刀を献上せねばなりませぬ。容易に準備できるものではありませぬゆえ、躊躇《ためら》っておりましたところ、先日のようにお忍びで、お使者が催促に参られたわけです。つまり……作刀とは、そのような世界であるということ」

源五郎が返した太刀を大事そうに布で包み、

「所詮は、夢なのです。本物の刀とは、決して手に入れることのできぬ、幻にござる」

「しかし」

口を挟んだ己に源五郎自身、驚きつつ、

「幻でも、追うことはできるのでは。つかまえられずとも、わずかながらでも近付くことは……」

熊次郎とサヤの、怪訝《けげん》な面持ちに気付き、

「若輩者の戯《ざ》れ言《ごと》です。ご無礼致し申した」

長船景光の太刀を抱えた水心子が、寂しそうに微笑んだ。

藩邸の門まで見送ってくれたサヤが別れ際に、またいつでもお越し下さい、といって、首を傾げるような辞儀をした。

三

三月十九日、須藤と源五郎は幾人かの門人を連れ、腰物方の刀の試し斬りを務めるため、千住《せんじゅ》刑場へ向かった。山田源五郎にとって公儀からの依頼は、これが初めてであった。

腰物奉行以下、役人の注目は当然、山田家の新しい養子に集まったが、須藤は源五郎に試し斬りをさせず、内稽古として見物させ、自らが刀を振るった。二十三日にも伝馬町牢屋敷で試し斬りがあったものの、そこでも源五郎は見物させるに留《とど》めた。新人による剣技の披露を期待していた役人たちは一様に白けた顔をしたが、先代の高弟は頑固に、源五郎の試し斬りを断った。

須藤なりの理由がある。一つは、源五郎の「跡職願い」がまだ腰物奉行から許されておらず、山田家の当主であると公にできないこと。もう一つは、山田流試刀術の皆伝を与えるために当人が身につけるべき技を伝えておらず、御公儀の御用を務めるには位が足りぬ、とみたからであった。

　須藤がこれほど慎重になるのは、先だっての源蔵の養子入りの際、当主らしく仕上げようと焦る余り、その心を折ってしまった、という苦い思いが蘇るせいもあった。

　さらに……刀の出来について感想を求められた際、源五郎が遠慮なしに批評すれば、腰物方の不興を買う恐れがある。公儀の務めは、他藩のそれとはわけが違う。一つ言葉を間違えただけで、山田家ごと潰される懸念さえあるのだ。


　翌日、改めて書き上げた跡職願いに芝村源左衛門、臼井藤右衛門《うすいとうえもん》の両腰物奉行の添え書きをつけ、若年寄へ提出した。この時、山田家の跡職願いを知った北町奉行・曲淵甲斐守景漸《まがりぶちかいのかみかげつぐ》から「源蔵は真に病であるのか」と代替わりの理由を疑う言葉があったと伝え聞いた須藤は、直《じか》に白刃に触れるような心地を味わった。

　源蔵の病気は「疝癪《せんしやく》（差し込み）強く手足不自由に罷《まか》り成り」と書状に記してはいたが無論方便であり、山田家の事情も耳に入っているはずの町奉行がそのように疑義を口にしたことは、別の意味合いを読み取らずにいられない。

　腰物奉行所と町奉行所の間には同じ公儀の役所同士として、縄張りを争う気分がある。

御様御用は刀にまつわる事柄ゆえ、本来は腰物奉行が支配するはずであったが、先代・浅右衛門吉寛の死後、山田家は牢人身分のため町名主が取り扱うとされ、すなわち町奉行所の翼下に入ることに決められたのだ。

此度、漏れ聞こえた北町奉行の言葉はつまり、腰物奉行へ近付きすぎるな、という警告の意味があった。

＋

曇天の下、藁店の庭に設えた稽古土壇——二つの重い木箱の間に土を四角く挟んだもの——に巻き藁を置き、源五郎は真剣を振り被った。用いる刀には本番さながらに、試し鍔と切り柄を嵌《は》めている。どちらも並のものより重く拵《こしら》えられており、刀に目方を加えることで裁断に掛かる力を増す役割があった。巻き藁は若竹を芯にして、小束四把《こたばよんぱ》の藁を縄で締めたもので、これを両断できれば人の胴を斬るのと同様、とされていた。

勢いよく下ろした源五郎の剣は、巻き藁を鋭く断った。

竹の切り口を確かめていると、小者の久介が庭に入り、客人が参られています、という。

「どなたであろう」

「それが……名乗られませぬ」

「いかなる用件か」

「ただ、須藤様に用がある、と申されるばかりで」

源五郎は、きな臭さを覚え、「それがしが会うとしよう。玄関に待たせておるか」

「いえ、勝手に座敷に上がり、須藤様をここで待つ、と」

座敷に足を踏み入れた源五郎は、眉をひそめた。招かれざる客は、その顔を宗十郎頭巾で隠している。山田源五郎にござる、と挨拶して男の向かいに胡坐をかくと、垢《あか》の臭いが漂った。頭巾の男は刀とともに荷物と菅笠《すげがさ》を傍らに置き、腰には脇差も差している。

——牢人か。

そう見当をつける源五郎へ、「五太夫はいつ戻る」

男がぶっきらぼうにいった。源五郎は注意深く、

「須藤様は当分、ここには立ち寄られぬ」

半分は真であった。須藤は今も源五郎の跡職願いを通すため、公儀の各所へ働き掛けるのに忙しい。今日は別の用があり、今治藩邸へ出向いているはずだ。

「では、五太夫が何処に住んでおるものか、聞かせてもらおうか」

「それを伝えるわけにはいき申さぬ」

源五郎ははっきり断り、己の刀を引き寄せた。頭巾の隙間から覗く両目が、ただならぬ気配を発している。

——重い刀が不利になるやもしれぬ。

試し鍔《つば》と切り柄《づか》をつけた刀で、素早く斬りつけるのは難しい。それでも源五郎に引く気はなく、

「須藤様へご用があるなら、それがしが代わりに承る。必ずお伝えしよう。ゆえに……お名前を頂

戴したい」

ゆらり、と頭巾姿の男が立ち上がった。素早く片膝立てとなった源五郎をしばらくの間、骨張った肩をそびやかし、見下ろしていたが、

「名乗らずとも、思い当たるはず」

吐き捨てるようにいうと荷物を手にし、「己の罪から逃げるな、と伝えておけ」

玄関へ向かいつつ大刀を腰に差し、傲然《ごうぜん》と藁店を去っていった。

「……久介」

源五郎は、座敷の隅で体を強張《こわば》らせて突っ立つ小者へ、

「至急、今治藩の上屋敷へ向かってくれ」

＋

須藤は上屋敷の御殿へ若殿の御機嫌伺いに参上したのち、敷地内の長屋に同郷の藩士を訪ね、〝青野太兵衛〟の消息を聞いた。幾人かに訊ねたが、太兵衛の今の様子を知る者はいなかった。門番小屋で休んでいた古株の組頭によれば、太兵衛は隣村へ婿にいった、との話であった。

——三男ゆえ、立行《たちゆ》かなかったのであろう。それも、三十年も前のことじゃ。婿となり、徒士として今治城にずっと勤めておったはず。

その他の詳しい事情は聞き及ばぬ、という。旧友が隣村に移ったことも、婿入りしたことも須藤

は知らなかった。漠然とした不安に腕組みをし、小屋の内から曇り空を眺めていると、

「そういえば、先日……いや、別の話だが」古株の組頭がそういい出し、

「頭巾を被った侍が、須藤五太夫はおらぬか、と上屋敷を訪ねて参った」

「頭巾の侍……」

水心子の鍛冶所で見掛けた侍が、とっさに頭に浮かび、

「どのような用件であろう」

「それが……問うても答えようとせぬ。ここにはおらぬと伝えると、ならば居所を教えよ、としつこく食い下がるゆえ、余り居座ると辻番に突き出すぞと脅したところ、ようやく立ち去りおった」

「名乗らなかったか」

「名乗らぬ。訛《なま》りは、今治の言葉に似ていたようにも思うが」

今治の人であれば、同郷の者を訪ねるのに何の隠しごともいらぬはず。鍛冶所に現れた侍とも、関係はなかろう。

――あきよりまいる……であったか。

二通の手紙は、今も腰の巾着の中で折り畳まれたままになっている。頭巾の男と関係があるかどうかは分からぬが、安芸国は今治に近く、訛りも似ていなくはない。

「……人間、何処で誰に恨まれておるか分からぬものだ」

物憂い話はよそう、と須藤は腕組みを解き、組頭や門番らへ、知人の中に妙齢の娘がおらぬか訊ねてみた。山田家の嫁入りの話、と察した組頭が首をひねり、武家であっても難しかろう、むしろ

刀鍛冶や研師に聞いてはどうじゃ、と答えた。

――それは、妙案かもしれぬ。

思わぬ言葉に上機嫌となった須藤は、空の雲行きも気になり、急ぎ上屋敷を辞した。


上屋敷から新橋へ戻る途中、元飯田町《もといいだまち》辺りで夕立が降り出した。通りに軒を連ねる商人らは早々と店仕舞いを決め、乾物や小間物や絵草紙を素早く片付けてゆく。

俄に活気付いたのは傘屋ばかりで、須藤も仕方なしに番傘を一張り求めることになった。人通りの消えた町人地を抜けようとした時、笠も被らず泥飛沫《しぶき》を飛ばし急ぐ小者が、道の向こうから駆けて来るのが見えた。

「……久介ではないか」

「や、須藤様。この通りを戻られるものと思っておりました」

「儂を探しておったのか」

「へい。源五郎様がお遣わしに。道々、事情をお話ししましょう」

久介に傘を持たせて新橋へと向かいつつ、山田家の屋敷に現れたという頭巾の牢人の話を聞いた。

――今し方、上屋敷で耳にしたのと同じ人物ではないか。

「……その者が、儂の居所を知りたがっておる、と」

「左様です」

「やはり、名乗らなかったか」

「それが……須藤様なら、名乗らずとも思い当たるはず、と」

「何。他に何か申していたか」

「……己の罪から逃げるな、と捨て台詞《ぜりふ》のように」

――儂の罪、だと。

思わず考え込むが、まるで見当はつかぬ。何の過ちもなく生きてきた、とはいえなくとも、人から強く恨まれるほど悪事を働いた覚えもない。久介へ、

「その者の風体を詳しく……」

飯田川《いいだがわ》に差し掛かった時、対岸から橋を渡って来る一人の侍に目が留まった。菅笠で雨を避け、その下の面は――宗十郎頭巾で隠されている。あの者です、と久介が震え声で告げた。

須藤は構わず歩を進め、橋の中央でおよそ一間半（一間＝約一・八ｍ）を隔《へだ》て、頭巾の侍と向かい合った。

――久介をつけたか。

下がっておれ、と傍らの小者へ告げたのち、

「思い当たる者などおらぬ」

大粒の雨が、須藤の髪と肩を叩く。打刀の鍔に親指の腹を当て、

「儂に用があるなら、名乗るがよい」

頭巾の下で男が薄く笑い、菅笠を持ち上げ、須藤五太夫、と少し掠《かす》れた声で呼び掛けると、

「忘れた、とはいわさぬぞ」

顔を覆う横布を指先で引き下ろした。隙間なく小豆《あずき》を並べたようなあばたで覆われた顔貌《がんぼう》が露になる。須藤は顎を引き、相手を見据えた。

――疱瘡《ほうそう》（天然痘《てんねんとう》）か。

そしてその顔立ちには、確かに覚えがあった。

「……太兵衛。江戸に参っておったのか」

旧友は、須藤の驚きを楽しむように、「どうやら、記憶に残っていたようだな。いかがじゃ、お主の罪を目《ま》の当たりにして。儂の顔を、どう見る」

「罪の覚えなどない」須藤は内心、狼狽《うろた》えながらも、

「その病の痕は、三年前の飢饉の際のものであろう」

「あろう、とはまるで他人事《ひとごと》のようではないか」

横布を目元まで戻し、「お主のせいで、マツが死んだというに」

――マツ、だと。

「知らぬ名じゃ。儂に何の係わりがある。分かるように申せ」

「ふざけておるのか」太兵衛は両目に怒りを宿し、

「三年前、家族のために山田家の薬を所望した、古き友の、ただそれだけの願いを聞き捨てておったのは、お主ではないか。その罪を一切顧みぬというなら、鬼畜そのものであろう」

「マツ、とはそなたの妻か」

「無論のこと」憤《いきどお》りに震える手で刀を抜き、

「妻だけではない。婿入りした儂を、実の息子のように迎えてくれた父母も亡くした。辛うじて生き残った儂は、この姿ゆえ徒士の身分も失ったのだ。わずかな見舞金と引き換えに、な」

今や何処の藩の家計も厳しいと聞く。太兵衛は人減らしに遭《あ》った、ということだ。

しかし、それにしても——

「いかようにして、今治から江戸まで参ったのだ。藩士でない者が、関所を潜《くぐ》れるのか」

「日光《にっこう》参りの手形を得たのだ。藩も儂に負い目がある。牢人者の江戸ゆきを、邪魔立てすることなどできまい。安芸へ渡り、陸路で江戸に参った。寺院の軒下を寝床にし、顔を晒して飯を乞い、そうしながら道中想像しておったのは、稽古の竹刀《しない》でなく、抜き身をお主の体に叩き込むことばかり」

憎悪の激しさに、須藤は退《しりぞ》きそうになる。橋板を踏み締め、留まった。

太兵衛は刀を正眼に構え、

「お主が山田浅右衛門なる首斬りに師事していることは、儂も知っておる」

躙《にじ》り寄り、「人の胆《きも》で薬を作り、大層儲《もう》けておることも、な。聞けばお主は弟子の中でも筆頭として、始終山田家に出入りする身、という話ではないか。丸薬の一つや二つ、なぜ故郷に送れぬ」

「……そなたらが病に倒れておったと知れば、薬も米も送ったであろう。その手紙はつい先日、届いたばかりじゃ」

「嘘を申せ。三年前の手紙が何ゆえ今届く」

「嘘ではない。その証拠は、ここに……」

腰の巾着から書状を取り出そうとした須藤は、あることに気付き、はっと顔を上げた。

「青野太兵衛宗晴」実名で呼び掛け、「お主、婿入りして名乗りも変わったか」

「今は、村上《むらかみ》太兵衛あきよりを名乗っておる」

——それで、全て分かった。

「刀を納めよ、太兵衛」須藤は片手を広げて制し、

「話がある。まず刀を納め、儂の話を聞くのだ」

「いいわけなど、無用」太兵衛の前足が、じりじりと隔たりを詰め、

「素直に、儂に斬り捨てられよ。さすれば、命とともに罪も消えよう」

「……斬られるわけには参らぬ」

隔たりが一間より狭まり、須藤は刀を抜き放った。

「山田家の弟子、と知っておるなら、剣の腕も想像できよう。今治にいた頃の儂ではない。そなたの痩《や》せさらばえたその体では、歯が立たぬであろう」

「鬼畜めっ」

太兵衛の怒声が、大雨の中でも橋の上に響き渡り、「良心の欠片《かけら》すら、失ったか」

「心が痛んだからとて」

剣先を相手の喉元に定め、「儂には儂の都合というものがある。仏であろうが鬼であろうが、まだ儂の命をくれてやることはできぬ」

「外道めっ」

機会も計らず飛び込んで来た太兵衛の一太刀を須藤は難なくかわし、払った。

病と飢えと老いにより、男の剣技は幼少の頃にも届かぬほど衰えていた。太兵衛は雨に濡れた橋の上を滑り、転がり倒れた。

「聞け」須藤は立ち上がろうともがく太兵衛へ詰め寄り、切っ先を突きつけ、

「そなたの手紙が昨今届いたのには、事由がある。国元で藩士の手紙を預かる組頭が、己の屋敷に溜め込んでおったためじゃ」

「何だと」

「そのわけは……分かるであろう。手紙を通じ、病が江戸に広まるのを恐れたのだ」

言葉をなくす太兵衛へ、「組頭が亡くなった先日に、溜められた手紙も発見され、江戸に送られることとなった。その中に、そなたの便りも含まれておったのじゃ。見よ」

巾着から太兵衛の手紙を抜き出し、当人へ渡す。さらに、小さく畳んだもう一通を押しつけ、

「それを読んでみよ……そなたの妻が病床で書いた、儂への便りじゃ」

橋板に座り込み、笠の下で書状を開いた太兵衛が、総身を大きく震わせた。記された文言は——

あきよりまいる　まつ。

「マツ殿はお主が、儂を深く恨んで江戸へ向かうと推し量り、先んじて手紙で知らせようとしたのだ。お主に罪を犯させぬために。違うか」

その総身から力が抜けたのが分かり、

「手紙の言葉が少ないのは、すでに病が体に回っておったためであろう。仮名を書くだけの力しか残されていなかったのだ。それでも……」

「マツの家は」太兵衛は項垂《うなだ》れ、「侍とは名ばかりの、百姓同然の暮らしであった。仮名しか書けぬのは、最初から学がないためじゃ……されど」

のろのろと二通の手紙を懐《ふところ》に仕舞い、「よき妻であった」

「太兵衛」

須藤は刀を鞘に収め、旧友へ差し出した。「命はやれぬが、これを渡そう。奥州月山利安の古刀じゃ。大判金一枚分の値打ちがある。売って、今治に帰るがよい」

力なく見上げる老いた侍から目を逸らし、

「友の苦境に気付かなかったのは、儂の落ち度じゃ……済まぬ」

久介を呼び、差し出された番傘の下に入り、寓居へ戻るため歩き出す。飯田川が遠ざかる頃、よいのですか、と久介が話し掛けてきた。

「形見の刀ではありませぬか」

名残惜しくない、といえば嘘になったが、

「……刀には、様々な使いようがあるものだな、と思うておったところだ」

須藤は笑い、「人を斬るだけの道具ではない、ということじゃ……太兵衛の話、麹町に戻っても源蔵殿や源五郎には申すなよ」

あえて厳《いか》めしい顔を作り、

「山田家には係わりのない、須藤五太夫の、一身上の事柄ゆえ、な」

心得ております、と久介が答えた。

四

四月十五日、徳川家斉が第十一代征夷大将軍の座に着いた。先代・家治《いえはる》の継嗣《けいし》となった元・一橋家《ひとつばしけ》の嫡男はこの年、齢《よわい》十五であった。江戸市中は新将軍の誕生を喜び、一時活気を帯びたが、すぐに不穏な気配がそれを掻《か》き消した。奥州から始まった飢饉の影響は今も収まらず、江戸にまで及ぼうとしていた。

十

四月二十二日、千住の刑場にて山田源五郎は須藤五太夫より、〝三ツ胴裁断〟を伝授されることになった。三ツ胴裁断は、伏せて重ねられた亡骸《なきがら》の二体の上に八本の竹で挟んだもう一体を横に向けた恰好《かっこう》に立て、その三体を一太刀で断ち切ることをいう。山田流でも本来、会得するには年月《としつき》を要する難技であった。

山田家の門人と刑場の下人が、罪人の亡骸を隙間なく土壇に積むため三つの胴を糸で縫い、細引縄できつく縛り上げている。床几《しょうぎ》に座って支度を待つ源五郎も流石《さすが》に、心を張り詰めさせていた。父・源八から譲られた刀には、二貫（一貫＝三・七五kg）もの試し鍔をつけてある。この重さを利して刀を振らねば、三ツ胴裁断の成就は叶わない。源五郎、と呼ばれ面を上げると、須藤五太夫が

自らの刀を抜き、

「まず、鍔からおよそ三寸（一寸＝三・〇三㎝）のところで、斬りつけるのだ」

実際に振って手本を示し、「斬ると同時に、手前に引く。この時に最も力を込める。いいな」

源五郎は、はい、と頷くが、切断の要領はすでに幾度も聞かされ、巻藁相手に稽古も重ねていた。己以上に、須藤は三ツ胴裁断の成否を心配しているのだ。一刀で両断できねば、亡骸を縫い合わせ、再び試みることになる。繰り返してもできなければ、日を改めることになる。

源五郎、と再び須藤が呼び掛け、「三ツ胴裁断を初手で成功させた者は、そう多くない。儂も一度は斬り損ねた。うまくいかずとも、恥と思うな」

「……分かり申した」

師の心配りを嬉しく思う。落ち着きが体内に戻ってきたようだ。源五郎は、須藤の差料に目を留め、月山利安ではないのを認めた。不思議に思い須藤を見上げるが、師はそのことには触れず、

「この世では、思いがけぬことばかりが起こる。のう、源五郎よ」

刀を腰に戻し、「この世は、様々な思惑が入り交じり、成り立つものらしい。儂とそなたは、縁あって同じ山田流の門下に入り、試刀術を学ぶ身となった」

しみじみと、「正直に申して、山田家がいつまで続くか、確たることは分からぬ。その不確かな立場で我らがするべきは、剣を振ることのみ」

「……精進致しまする」深く頷いた源五郎へ、

「ただ、儚《はかな》い身ゆえ縁は大切にせねば、な」己にいい聞かせるようにいった。

土壇の支度が終わったらしい。源五郎は立ち上がり、重ねられた亡骸へと静かに進む。門人と下人が土壇から離れた。諸肌《もろはだ》を脱いで刀を抜き、軽く空を斬って重みを確かめた。

土壇の前に立ち、一番上の亡骸の横腹に刃の中央を軽く載せ、両足を八の字に開く。体内に気が満ちるのを待ち、切っ先を頭上高く掲げた。

心は平静にあり、固唾《かたず》を呑《の》む周囲の様子さえ感じ取ることができた。さらに胸を張って反り身となると、気合いとともに弾みをつけ、刃を亡骸の三ノ胴（鳩尾辺り）へ斬り下ろした。

「源五郎、見事っ」

須藤の大声が、晴天に鳴り響く。門人らがどよめいた。

源五郎の一刀は三体の亡骸を完全に断ち、土壇にまで食い込んでいる。

十

五月十四日、北町奉行・曲淵甲斐守に呼び出された山田源五郎が継裃《つぎかみしも》で参上すると、明日、腰物奉行・臼井藤右衛門を訪れよ、との話であった。十五日、須藤五太夫に付き添われ、麻裃姿で出頭した源五郎へ、待ち侘《わ》びていた跡職願いの許しが与えられた。

三輪源五郎事、山田源蔵養子ニ仕、御試シ御用父同様相務む可《べ》き旨、安藤対馬守《あんどうつしまのかみ》（若年寄）殿仰せ渡され候――

日付もない単なる書付にすぎなかったが、これによって間違いなく、公に源五郎が山田家の当主と認められたのだ。山田家では位牌の並ぶ仏壇に書付を供え、先祖代々の浅右衛門へ報告したという。その後山田家では口上書を数十通も用意し、腰物奉行所、南北両町奉行所、伝馬町牢屋敷の役人らへ、鰹節や小菊紙《こぎくがみ》や箱入りの扇子などを添え、何日も掛けて配って回った。

＋

正午近く、須藤は源五郎とともに水心子正秀の鍛冶所を訪れた。これも大切な挨拶回り、と源五郎へいい含めておいての訪問であった。

水心子は、藩主の鍛刀の相手をするため角筈《つのはず》の下屋敷へ早朝から向かっており午後には戻る、という話であったため、鍛冶小屋の外で待たせてもらうことにした。

昼時であっても、鍛冶所では鎚《つち》が鋼を叩き、火花を散らせている。聞けば水心子は、己の不在中も弟子のために小屋を開け、自由に作刀させているという。そのやり方に、須藤は感心する。水心子正秀はやはり……並みの刀鍛冶ではない。庇《ひさし》の下で小憩用の腰掛けに座り、水心子の帰りを待っていると、年頃の女人が煎茶を盆に載せ、持って来てくれた。源五郎様、と親しげな様子で、

「父上はあれから、伊賀守様の申し出を断りました」

「受領銘の斡旋を」

「はい。刀鍛冶が国司の職位など得ても、打った刀の刃味《はあじ》は変わらぬ、と」

須藤は源五郎から、水心子正秀と伊賀守金道とのいきさつを聞いた。以前にここで擦れ違った頭

巾の侍が、金道の使者であったということも。その事情自体、興味深い話であるものの、須藤がより驚いたのは、目前の女子が水心子の娘・サヤであるということだった。

——何と。

源五郎は相変わらず喜怒哀楽の乏しい顔付きだったが、サヤの方から若侍へ頻《しき》りに話し掛け、何となく華やいだ気配を辺りに醸し出している。

——これぞ、良縁では。

須藤は落ち着かぬ気分になった。水心子への贈り物として携えた熊野《くまの》鰹節をサヤへ渡し、父親の機嫌をうまく取るにはいかにすべきか思案していると、やがて門の方から、当の水心子正秀が小走りにやって来るのが見えた。水心子は、腰掛けから立ち上がった須藤と源五郎を認め、

「これは、よい折りにあった。ご両人」大きな耳を赤く染め、

「それがしはこれより武蔵国へ参ります。ようやく殿のお許しを得ることができました」

小屋の内から鍛冶の音が消えた。慌てて現れた弟子たちには目もくれず、

「そこに、備前一文字を今に伝える刀鍛冶がおられる。便りを送れど、なかなか話は伝わらず……こうなれば、実際に向かうまで。源五郎殿。それがし今日より、濤瀾刃を捨てまする」

驚きの余り、源五郎は言葉をなくしている。須藤も同様だった。

「貴殿のいわれる通りです。流行の意匠など、刀の値打ちに何の関係もござらん。水心子正秀、これより備前刀・相州刀の復古を目指す所存。金にはならずとも……何、食うてゆければよいのです」

弟子たちを見回し、晴れ晴れと、

「誰か、熊次郎を呼んでくれ。儂の留守を任せる、と知らせよ」

「水心子殿、少しお話を……」

我に返り口を挟もうとする須藤を、刀鍛冶が制し、

「殿がお心変わりせぬうちに、出立せねばならぬのです。お話は帰ってきたのち、幾らでも。サヤ、早速旅の支度を。土産の刀も選ばねば。供をする気のある者がおるなら申し出よ、と皆に……」

大勢で、賑やかに長屋の方へ去ってゆく。呆気に取られたままの須藤の隣で、源五郎が水心子の後ろ姿へ向かい、深く頭を下げた。


屋敷の門へ戻る途中、須藤は水心子の娘のことばかりを考えていた。

——これほど、よくできた縁もあるまい。

水心子が不在でも、うまく口実を見付けて二人を引き合わせることはできるのでは、とそんなことを思案する須藤の目に、門前で山形藩の門番と頭巾を被った侍が話し込む様子が遠くに映った。須藤は眉をひそめ、金道の使者が再び催促に訪れたかと案ずるが、背恰好がまるで違うと気付き、

——まさか……太兵衛が今も儂を捜して。

途端に、腹の底に鈍色《にびいろ》の覚悟が生じる。相手もこちらに気付いたのが分かった。敷地内に足を踏み入れ、須藤へと駆けて来る。門番は止めなかった。

——抜き打ちに斬りつける気か。

そう判じ、刀の柄を握ろうとした時、頭巾の侍の動きに狂気の漲《みなぎ》りはなく、太兵衛とは似ても

似つかぬことを知った。頭巾姿であっても面は隠されておらず、黒々とした睫毛《まつげ》で縁取られたその両目には、覚えがある。侍は須藤の脇を擦り抜け、山田家の新たな当主へ走り寄り、

「源五郎様」

ぶつからんばかりに迫ったのは、渡部里久であった。

「麴町のお屋敷で、こちらにおられると聞きました」

「しかし」源五郎は、常になく動揺した口振りで、「向井家の御内儀が、このようなところまで」

「リクは、重之助様へは嫁《とつ》ぎませぬ」決然と、

「父上はまだお認めになりませぬが、必ず説得してみせます。暫《しば》し、お待ちを頂けませんか」

急に顔を真っ赤に染め、

「私を迎え入れて下さるか否かは当然、源五郎様のお考え次第ですが……」

「……無論、異存はありませぬ」

声を小さく震わせる若侍へ、リクが胸元から、紙に包まれた何かを差し出した。

源五郎が手にし、包みを開くと、そこには元結で束ねられた艶やかな黒髪が載せられている。

「父上の前で、切りました」

真っ直ぐに源五郎を見詰め、「私の気持ちの、証《あか》しです」

——何という、気性の激しい娘じゃ。

呆れる須藤に、ようやくリクは気がついたらしい。

急ぎ一揖《いちゆう》すると、顔を伏せたまま旋風《つむじかぜ》のように踵《きびす》を返し、去っていった。

乱

一

書物を持つ両手が震えた。ついに我に相応《ふさわ》しい物語を見付けたのだ。

この物語は、己の胸を焦がす恋慕の情と腹の底に渦巻く黒色の蛇《くちなわ》を解き放つ唯一の手立てとして、埃《ほこり》が宙に舞う部屋でのたうち回る拠所《よりどころ》のない我の魂に光明を射す燭台となるだろう。

二人のこうべ。二つの首。

手に入った暁《あかつき》には、必ず我の心身は洗われて清浄となり、心の騒《ざわ》めきとは無縁の境地へ達するであろう――

＋

篠山《ささやま》藩江戸詰右筆《ゆうひつ》の娘・渡部里久《わたなべりく》の近頃の日常は、神田《かんだ》の寺子屋で町人の子供たちに算術を教えることと、青山《あおやま》の中屋敷へ出向き、隠居した先代藩主の奥方の話し相手になることであった。

リクの居宅のある上屋敷から外に出てばかりいるのは、父・嘉右衛門《かえもん》とできるだけ顔を合わせないためだ。にも拘《かかわ》らず、これまで頻繁に通った小石川《こいしかわ》の堀内《ほりうち》流剣術道場へは、足が遠のいていた。兄弟子・向井重之助《むかいしげのすけ》とも会いたくなかった。父は、幕府先手弓組与力《さきてゆみぐみよりき》である重之助と一人娘との結婚を今も真剣に考えており、幾らリクが異を唱えようと譲らず、先方にも娘の気持ちが落ち着くまで少々待って欲しい、と伝えただけで、あくまで縁談をまとめるつもりであった。

リクは父の目論見《もくろみ》に反対であるのをはっきりと示すため先日、後頭で結わえた自らの下げ髪を切り落とした。これには父も呆れ果てたらしい。それ以来、重之助との縁組は中断となったが、娘と話し合う素振りもなく、リクの毎日は無為に過ぎてゆくことになった。

元より、向井重之助を嫌っているのではない。リクには、心に決めた相手がいる。山田源五郎《やまだげんごろう》なる若侍であった。十九歳のリクに対して源五郎は二十一歳、年齢の釣り合いは申し分なかったが、この縁に父が反対した。それには、わけがある。

山田家は代々、試刀と斬首を請け負う、世にいう〝首斬り〟の一族であったのだ。将軍家の御《お》様御用《ためしごよう》（刀槍《とうそう》の試し斬り）を務める立場でありながら、幕臣ではなく牢人身分とされていたのも、小大名とはいえ篠山藩に右筆として仕える父の意にそぐわず、罪人の斬首も世のお役目の一つ、とリクが何度訴えても、父が納得することはなかった――

この日、リクが篠山藩の中屋敷で奥方から聞いたのは、常のような当たり障りのない――正直に申せば少し退屈な――昔話ではなかった。昨日の夜、赤坂《あかさか》の米屋が打ちこわされたという。

「昨今の、江戸市中での米価の値上がりを不服とした町人の仕業、とのお話です」

奥方は柔和な顔立ちをしかめ、「店に雪崩《なだ》れ込んだ無法者らが家財を壊し、米を道に撒《ま》き散らして、それはひどい有り様であった、とのことでした」

「……無法者は、捕まったのでしょうか」

「いえ」奥方は小さくかぶりを振り、

「捕まっておらぬ様子。どうやら市中の者は、犯人を奉行所へ知らせるつもりがないようです」

「それは……何ゆえでしょう」

「皆、飢えているのです」居住まいを正し、

「丹波国《たんばのくに》に位置する我が篠山藩は、先年の北国の不作とは関わりなく稲穂を実らせることができました。されど、全国から米を集める江戸では、徐々にその不足が目立つようになっている様子」

リクは頷《うなず》く。このところ寺子屋で教える子供たちの頬も痩《や》せたように思え、手習いの終わりに持参した菓子を分け与えた時、貪《むさぼ》るように口にする姿が印象に残っていた。

「町人たちの態度にも、刺々《とげとげ》しさが現れていると聞きます。市中が不穏と見えた際は……こちらを訪れるのも控えるように」

奥方の口調は静かであったが、厳しさが込められ、

「このような時こそ、軽挙は避けるように。分かりましたね、お里久」

〝軽挙〟とは、禿《かむろ》となった髪のことだろう。リクは畏《かしこ》まり、小さく「はい」と返答した。

暮れ方となる前に、リクは侍女とともに中屋敷を出た。神田へ戻る途中、麹町《こうじまち》に差し掛かった。無論、麹町山元町《やまもとちょう》にある山田家の屋敷に寄る、などとは考えていなかったが、近くを過ぎるだけ

で侍女の清《キヨ》はいつも通り渋い顔をした。キヨは源五郎の顔を知らないものの、以前に上屋敷を訪れた山田家の高弟・須藤五太夫《すどうごだゆう》の姿を覚えており、その初老の侍の、古武士風の言行も試刀家という生業《なりわい》も毛嫌いしていた。

町人地である麹町の通りには、幕府や武家の御用を務める商家が立ち並んでいる。呉服屋を遠目に覗きつつリクは歩いていたが、本当に気にしているのは、奥の通り沿いに建つ、やはり山田家の気配であった。源五郎の姿は、水心子正秀《すいしんしまさひで》の鍛冶小屋へ押し掛けるように会いにいったきり見ていない。父を説得してみせる、お待ちを頂きたい、とリクの方から告げたせいもあった。

こちらの心の動きに気付いたのか、中年の侍女は、早《はよ》う抜けましょう、とリクの背を押した。キヨは己を、右筆の娘の御目付役と捉えているらしい。小煩《こうるさ》いことであった。

――そう簡単に、出会えるはずがない。

リクも諦め、足を速めようとした時、人で賑《にぎ》わう商店の辺りから、何者かの大声が起こった。通り掛かると、商いが賑わっている様子ではないのが分かった。

――あれは、搗米屋《つきごめ》だ。

玄米を杵《きね》で搗き、精米にして小売りする商店。そこに人だかりができ、騒然とした気色に包まれている。

「近寄ってはなりませぬ」キヨが強く袖を引き、「早う、ここを去りましょう」

中間《ちゅうげん》らしき者、牢人、諸肌《もろはだ》脱ぎとなった町人らが大勢集まり、寄ってたかって搗米屋の戸を蹴破ろうとしている。騒ぎから目が離せぬまま侍女に腕を引かれ、リクは足早にその場を通り過ぎた。

本当に町人らが暴徒と化した際には、どうような災いとなるか、推し量ることはできない。

麹町を越えると辺りは静かになったが、リクの心の騒めきは静まらなかった。こちらとは逆に、騒動を聞きつけて駆けつけようとする自身番、見物に向かおうとする弥次馬らと擦れ違った。

神保町《じんぼうちょう》まで着いても麹町を目指す人々は途絶えず、リクはその中の、若衆髷《まげ》を結った少年と目が合った。若衆は縞《しま》の小袖を着て、口元を手拭いで覆い、寸時こちらを見詰めると、面《おもて》を伏せ走り去っていった。

——あの眼《まなこ》。

睫毛《まつげ》の長い、女人のような眼。何処《いずこ》かで見た覚えがあるように思う。

「陰間《かげま》（男娼）でしょう」キヨが後ろを振り返り、

「淫《みだ》らな。お里久様も他人からは、かの者のようにお行儀悪く見えておるのですよ。そろそろ、そのような恰好《かっこう》はおやめになって、振り袖を着るよう……」

侍女の小言が続くが、半ばリクは聞いていない。そもそもリクが袴《はかま》を穿《は》いているのは、一介の剣術修業者として動きやすい姿をしているだけだったし、宗十郎頭巾《そうじゅうろうずきん》を被《かぶ》っているのは短くなった髪を人目に晒《さら》さない工夫であるにすぎない。しかし、キヨにとっては、どちらも似たようなものなのだろう。上屋敷に着くと年嵩《としかさ》の門番が、

「四半刻（＝約三十分）ほど前に、お里久様を訪ねて参った若者がおりました」

「……若者」

「若衆姿の者です。お里久様にお目に掛かりたい、と。不在であると知らせたところ、これを残し

て、立ち去りました」

汚れた木綿袋が差し出された。袋を開けると、古ぼけた一枚の櫛《くし》が入っていた。

――これは。

櫛を手に取ったリクは、この品を知っている、と気付いた。持ち主のことも記憶にある。この櫛を常に肌身離さず持っていたのは――吉弥《きちや》だ。

――もしや、あの時の。

覚えがあると思ったのは、間違いではなかった。しかしあの若衆が吉弥であったなら、目が合った時に何ゆえ話し掛けてこなかったのか。

――吉弥にしても、頭巾を被った私が渡部里久であるとは認め切れなかったのであろう。

吉弥は、以前にリクが寺子屋で算術を教えた町人の少年であった。

美しい娘子のような顔立ちをした――

＋

天明《てんめい》三年（一七八三年）四月から断続的に活動していた浅間山《あさまやま》が七月八日、炎を噴き上げた。信濃国《しなののくに》と上野国《こうずけのくに》の境に位置する火山の焼灰は周囲の十カ国余りへ散り、作物に大きな害をなした。次いで大雨・大風・大霜が全国を襲い、特に奥州《おうしゅう》の被害は激しく、凶作となって飢饉《ききん》が蔓延し、打ちこわしが相次ぐ事態に至った。

米の価格上昇は止まらず、その影響が江戸に達すると、ついに天明七年（一七八七年）五月には、銭百文に対し米二合二勺《しゃく》、という浅間山噴火前の三倍の値がつくことになった。

幕府は上方米の流通統制を撤廃して自由販売に切り替え、米価の引き下げを試みたが、しかし米はむしろ脇の業者に流れて市場に溜《た》まらず、値段はいっこうに下がらなかった。江戸市中では食べ物を口にすることができず、娘を売り、息子を寺へ遣《や》って離散する一家が増え、堀や川へ身を投げる者が後を絶たず、市谷《いちがや》の堀では毎日、二、三人ずつ水死人が上がったという。

五月の中旬頃から赤坂、麴町、青山辺りで米を不当に高く売った米屋が、怒った町人に打ちこわされる事件が散発した。庶民の憤懣《ふんまん》は明らかに高まっており、十八日には年番名主によって町奉行所へ〝お救い願い〟が提出された。翌日には町奉行所による米の売り渡しが発表されたが、時価ということで高く、益々民の怒りを買ったという。次に町奉行所は江戸中の商店に対し、貯蔵米の調査を実施した。商人が米を囲っている、との町人の苦情を受けての調べであったが明らかに手緩く、やはり米が市場に流れることはなかった。

北町・南町奉行所は月ごとの輪番制で、この時は北町奉行所が直接の民政を司っていた。北町奉行・曲淵《まがりぶち》甲斐守《かいのかみ》景漸《かげつぐ》は、町々から訴え出た者に対し、「田舎では飢饉の際、猫まで食ったという。江戸の町には沢山の犬がいる。犬がいるうちは、飢えることもあるまい」といい放った、という話がまことしやかに市中に出回った。

町人の怨嗟《えんさ》が募った結果、五月二十日の夕刻、赤坂の一帯に大規模な打ちこわしが起こった。中でも赤坂御門外の大米屋・伊勢屋《いせや》方《かた》には数百人が押し寄せ、米俵を切り裂いて往来へ撒き散らし、家財を壊し、臼を砕き、杵《きね》を割り、鍋、釜、衣服まで微塵《みじん》にした。やがて打ちこわし勢は増えに増えて千五、六百人にも膨れ上がり、赤坂中の米屋・搗米屋だけでなく、この期に米を買い占めようとした酒屋・質屋なども含め数十軒が襲われ、その人数と勢いに奉行所の捕り方も手を出せず、大名火消の加勢を得てようやく鎮めることできた。二十二、三人を捕らえたが、首謀者らしき者は行方をくらまし、見当たらなかった。

赤坂の打ちこわし勢は、米俵を裂いても盗みは行わず、家屋に火をつけることもなく、むしろ火の用心を呼び掛け合い、隣家には迷惑を及ぼさなかったという。首謀者は拍子木を打って群衆の駆け引きをした、との話も伝わっている。

赤坂をきっかけに、未曽有《みぞう》の騒擾《そうじよう》が江戸中に広がろうとしていた。

のちにいう〝天明の打ちこわし〟である。

十

新たに山田家の当主となった源五郎はこのところ、一人稽古を終えると山元町の〝藁店《わらだな》〟を出て、すぐ近くの平河町《ひらかわちよう》で隠居する山田源蔵《げんぞう》の〝本家〟へ出掛けるのが日課となっていた。

養父・源蔵は、己に試刀術の才はないと見定め、代わりに刀剣と試刀術の見識を深めようと、家に籠もり書物を読み耽《ふけ》っている。近頃体の調子がすぐれぬ、という事由もあった。

わずか六つしか違わぬ二十七歳の源蔵を、源五郎が〝父〟と呼ぶのは奇妙な気分であったが、すぐに慣れた。陸奥国《むつのくに》から出て山田家の養子に入った源五郎からすれば、以前より江戸に住む源蔵は何かと頼りになる存在だった。

平河町の本家で源五郎は、養父の所有する〝武鑑《ぶかん》〟を借り、毎日目を通した。不明な箇所はその場で質問すれば、源蔵が丁寧に教えてくれた。毎年出版される武鑑には、大名や幕府役人の姓名・石高《こくだか》・家紋などが細かに記されている。江戸において武家と係わりのある者はこれを熟読し、よく内容を覚えておかねば、相手方に思わぬ不作法を仕出かすことになり兼ねない。武鑑の暗記も、各大名家の試刀を請け負う山田家にとって大事な勉強といえた。

家紋の細かな違いを質問するうちに、刀剣鑑定のことに話が逸《そ》れた。今では刀の価値を決めるのは切れ味そのものではなく、本阿弥《ほんあみ》家や鎌田魚妙《かまたなたえ》ら鑑定家の記した書付で決まり、しかし先の老中・田沼意次《たぬまおきつぐ》の政治下では刀剣が賄賂に多く用いられたため、本阿弥家は不当な高額を書いた折紙（鑑定書）を乱発し、市中で刀の価値を掻《か》き乱しているという。

「……そのようなことがまかり通ってよいものでしょうか」

源五郎の憤《いきどお》りに、源蔵が落ち着いて答え、

「それが、世の中というものらしい」

「奇怪な世です」

思わずそう呟《つぶや》くと、源蔵は微笑んだ。源五郎にとって源蔵は物静かな兄という風で、今では己の内の不平不満を漏らすことができるほど、打ち解けた間柄となっていた。

ふと、書斎の床に無造作に積まれた読売（瓦版）に気付き、

「……また、何処かで打ちこわしですか」

「また、どころではない。知らぬのか。近くでは赤坂、東では本所深川《ほんじょふかがわ》辺りの米屋が襲われた。この辺りも、いつまた騒ぎが起きるか分からぬ」

源五郎は俄《にわか》に不安になり、「神田は無事でしょうか」

「許嫁《いいなずけ》が篠山藩上屋敷に住んでいる、という話だったな。神田でも、いつ騒動が持ち上がるか分からぬが、大名屋敷の中でじっとしておれば被害は及ぶまい」

「……騒ぎは、すぐに鎮まるでしょうか」

「心ある商家などは、自ら施しを行っているそうだ。施しが広まり、米価が下がれば町人の怒りも静まるであろうが」

腕組みをして溜め息をつき、「いずれ町名主から、山田家にも金銭の寄付が求められよう。その際は、快く応じることとしよう」

御免、と玄関の方から大きな声が届いた。応対に出た下男がすぐに戻って書斎の襖《ふすま》を開け、「旦那様」と青い顔で伝え、

「山田家の当主と話がしたい、というお話です」

「参られたのは、どなただ」

「それが……御先手弓頭の長谷川平蔵《はせがわへいぞう》、と申される怖い顔をされたお方で――」

「お気をつけ下さいまし」

妻の富《トミ》がそういって、出掛けようとする須藤五太夫の肩口へ火打石で火花を散らし、厄除けの験担ぎをした。珍しいことであった。トミは、

「あちこちで、打ちこわしが起こっていると聞きます。先ほどは、この近くでも」

「うむ。騒ぎは聞こえた。されど、武家には手を出すまい」

「昨日今日と、虎次郎《とらじろう》が顔を見せぬのです」

「虎次郎……ああ、深川《ふかがわ》の蛤《はまぐり》売りの男子《おのこ》か」

「ええ。毎日のように現れておりましたのに」

「そういえば、近頃は夕膳に貝が載っておらなんだな」

虎次郎の家では半年ほど前に一人親の父が体を壊し、長男である虎次郎が代わりに天秤棒の両端に桶を吊り下げ、蛤や浅蜊《あさり》を売り歩くようになっていた。須藤家では、虎次郎が新橋《しんばし》まで来た折りには、売れ残った貝を全て買ってやるなどしていたから、妻が本当に心配しているのは、こちらよりも虎次郎の身ではないか、とも思える。トミへ、

「今夜は、中屋敷に泊まりとなるであろう」

須藤五太夫は山田家の弟子であり、同時に伊予国今治《いよのくにいまばり》藩士でもある。来月には藩主・松平定休《まつだいらさだやす》

が参府《さんぷ》となるため、その備えに江戸藩邸は何処も忙しかった。

今治藩の中屋敷は先代藩主の住居であったが二十年以上前に逝去しており、今ではやはり早世した当主の父の正室と侍女だけが平穏に暮らしている。此度《こたび》は藩主の参府を機に、夫の所持していた刀を整理するため鑑定して欲しい、という奥方の依頼があって、向かうことになったのだった。

「……中屋敷も深川にある。帰りにでも、虎次郎のことを訊《たず》ねてみることにしよう」

不安げな妻へ、「そう気に病まずともよい。打ちこわしが子供を狙うはずもないゆえ」

そういい置いて、須藤は寓居《ぐうきょ》を出た。須藤家が藩邸から離れ、小さいながらも新橋に一軒家を構えて独立することができたのは、今治藩士としての収入の他に、試し斬りの褒美を受け取っているためであった。このような時こそ、両家が健在であることの有り難みが分かるというものだ。

隅田川《すみだがわ》を渡ると、一段と空気が張り詰めたように感じられる。しかし道々、須藤が考えていたのは打ちこわしでも虎次郎の消息でもなく、山田源五郎と渡部里久のことであった。

若い二人が両想いであるのは、間違いない。しかし――本当に、うまくいくのであろうか。

＋

――まるで、博徒の親玉のような。

屋敷に上がった先手弓頭・長谷川平蔵を見た源蔵はそんな印象を抱いた。怖いというよりも渋味のある、浅黒く日に焼けた四十歳ほどの大柄な男で、少し嗄《か》れた声は腹の底から響くようであり、その口調も荒っぽかった。しかし何か品格らしきものは失われず、厳《おごそ》かな迫力のある人物と見えた。

外には幾人かの気配があったが、長谷川は応対した源蔵と源五郎を押し退けるように一人で書斎に入るとどっかと腰を下ろし、二人へも顎で座るよう促した。

「で……」父子の顔を見比べ、「山田家の当主、というのはどちらだね」

「こちらの源五郎の方です。それがしは隠居の源蔵と申します」

「その若さで隠居、か」源蔵の顔をじっと眺め、

「何やら、訳ありのようじゃな……いや、本日の用件はそのような話ではない」

「では、どのような」そう訊《たず》ねる源五郎をじろりと見返し、

「今朝、日本橋《にほんばし》で人が斬られたのだ」

「……その件と山田家に、何か係わりが」

「ない」

長谷川が遠慮もなく書斎を見回し、「御隠居殿は、勉強家と見える。古い書物から読売、近頃巷《ちまた》で流行《はや》りの本まで揃えておる。刀剣の文書も多いが……」

再び二人の顔を見比べ、

「実際に人を斬るとなると、また話は違うであろうな。で……首斬りが上手なのは、どちらだね」

「それがしにござる」不遜《ふそん》ないい方にも源五郎は怯《ひる》まず、

「斬首は、それがしのお役目」

「ほう。ならば、お主に訊ねればよいということになるな」

山田家の新たな当主へ向き直り、「是非、首斬りの意見を伺いたい」

「……どのようなお話ですか」

「日本橋の亡骸《なきがら》は、首を落とされていたのだ」

黙り込む源五郎へ、「我が先手弓組二番組には、実際に人を斬った者がおらぬ。俺も若い頃は無茶をしたものだが、流石《さすが》に首の落とし方は知らぬ」

ぐいと厳《いか》めしい顔が源五郎へ近付き、

「斬首を専門とする者に、亡骸を検分してもらいたい」

「お待ち下され」

勝手に進もうとする話に源蔵が割り込み、

「市中の亡骸を、何ゆえ御先手弓組が調べているのですか。元来先手組は、お城の御門を守るのがお役目のはず。亡骸を閲《けみ》するのも辻斬りを追うのも、町奉行所の与力・同心が担うべき務めではありませぬか」

「常であれば、そうじゃ」長谷川は声を低め、

「今は南北両町奉行ともに、米不足を訴える町名主の相手をするのに忙しい。奉行所の与力・同心は市中の打ちこわしを取り締まって、走り回っておる。ただの人殺しなど眼中にない、というわけだ。が、そのまま捨て置くわけにも参らぬ」

立ち上がり、大柄な体軀《たいく》を聳《そび》やかすように、

「そこで普段から、出番を得られぬ、と煩《うるさ》いこの長谷川平蔵の出陣と相なった。ゆえに山田家の

当主にはしばらくの間、我らにつき合ってもらうこととなる」

有無をいわせぬ不敵な口振りであった。源五郎も静かにその場から立つと、

「では、おつき合い致しましょう」

「……物怖じせぬ男じゃな。流石、というべきか。だが、刑場へ出向くまでもない」

玄関の方を顎で指し示し、「御隠居殿、庭を借りたい」

「それは、何ゆえ……」

「色々と面倒な手続きは避けたいと思ってな、亡骸はすでに、玄関前に運んでおる」

思わずたじろぐ源蔵へ笑い掛け、

「首斬りの一族であれば首なしの死体など、見慣れておるだろう。恐れることもあるまい」

＋

渡部家は江戸詰右筆として篠山藩邸の敷地内、御殿に隣接する小さな屋敷を宛てがわれている。

日中、御殿の右筆部屋に詰めている父と顔を合わせることはなかったが、打ちこわしの騒ぎの中で外出することもできず、リクは狭い自室で、童《わらべ》の頃に買い与えられた絵草紙や学問の書物を繰り返し読むだけの無味な日々を過ごしていた。

無論、山田源五郎のことはよく想起したが、もう一つ、思い出す姿があった。

リクは、預かった櫛を袋から出して眺め、

——どのようなつもりで、吉弥はこれを私に預けたのか。

神保町で擦れ違って以来、気掛かりで仕方がなかった。寺子屋で吉弥に算術を教えていたのは、もう二年も前の話だ。吉弥は元々鶴丸《つるまる》という名の孤児《みなしご》であったが、その華奢《きゃしゃ》で美しい容姿を買われ、歌舞伎芝居の中村座《なかむらざ》の女形《おやま》の弟子となり、吉弥を名乗るようになった。日本橋に中村座の芝居小屋があるため吉弥はすぐに神田を離れ、それからは会うこともなかった。母の形見の櫛を入れた袋を常に首から下げ、大事そうに持ち歩く姿をリクはよく覚えている。

リクが吉弥を心配するのは、形見の品を預かったため、というだけではなかった。

昨年の末、リクは教え子の一人を亡くしている。二歳下の、喜八《きはち》という名の町人は奥州南の農村に生まれ、運よく江戸で丁稚《でっち》に雇われたのだが、侍に憧れる余り気を病み、最期には南町奉行所の与力・同心に囲まれ、命を落とすことになったのだ。リクは喜八に慕われていた。

なのに、かの者の心の病に気付かず、みすみす死に追いやってしまった、という後悔がある。

——吉弥は、何か悪しきことに巻き込まれてはいないか。

形見の品を預けたのはまるで、言葉のない遺言のように思える。吉弥は今年、十四歳になったはず。女形の見習いとなれば芸事だけでなく、陰間を務めるなど苦労も多いと聞く。あの時、面を隠して神保町をうろついていたのも、奇妙だ……どうにか藩邸を出て会いに行く術《すべ》はないか、と思案するリクの元に、侍女のキヨが慌ててやって来た。

北町奉行が、渡部里久を奉行所に呼び出すための使者を寄越したのだった。

打ちこわしにまつわる嫌疑がある、という——

二

一人目の憎き首は、ほどなく手に入れることができた。難しい話ではなかった。

大金をちらつかせれば、誘い出すことも、暗がりに連れ込むことも容易であった。

稽古の一つとして、昔は町道場に通ったという師匠から剣術も習っており、筋がよいと褒められ、腕には自信があった。頭の中で描いたように一刀の下、首を落とすとはいかず焦りはしたが、まず騒がれずに断ち切ることはできた。

もう一人の愛しき首を得るために、どのように近付くか。世の中が俄に騒がしくなり、このままでは呼び寄せることも、こちらから訪ねることもできぬ。騒ぎが収まれば、会うこともできようか……されどかの者はすでに、我への情を失っている。何よりもそれが、この悲嘆の源なのだ。

いや――むしろ、この騒ぎを用いることができれば。

我の手で上手く引き起こすことができれば、いかようにもかの者を呼び寄せられるのではないか。

ああ、これは天啓ぞ――

十

今治藩の中屋敷へ向かう前に、須藤は深川の海に近い蛤町《はまぐりちょう》の辺りまで足を運び、蛤売りの男子の消息を訊ねた。ここでも打ちこわしを恐れてほとんどの商人が戸を閉ざしていたため、なかなか虎次郎の消息を知ることはできなかった。忙しい中屋敷の邪魔にならぬよう下男を連れて来ず、手分けして探せなかったこともある。

通り掛かった貝売りに訊ねてみると、幾人か目に一人の青年が、虎次郎という童は知りませんが、と答えてくれ、

「昨日から州崎《すさき》の浜に、子供たちの姿が見えませぬ」

何ゆえであろう、と須藤が首を傾《かし》げていると、通り掛かった年嵩の町人が、「人形町《にんぎょうちょう》に用がある、と申しておったぞ」と口を挟んだ。須藤へ、

「今日も姿がないところをみると、また橋を渡って参ったのでしょう」

「何用か、申していなかったか」

「さて、そこまでは……」

――帰りにでも、人形町へ寄ってみるか。

貝の売れ行きを愚痴り合う二人へ礼をいい、須藤は蛤町を後にした。中屋敷へ歩を進めるうちに、往来のあちこちに散らばる俵の藁が目につくようになった。この辺りの米屋はひどい乱妨に遭《あ》ったらしい。山田家は大丈夫であろうか、と須藤は次第に心配になってきた。

町人の怨嗟《えんさ》の向かう先は、素封《そほう》家の町人であった。山田浅右衛門家は裕福な牢人、という奇妙な立場にいる。裕福であることを知る者はそう多くない。が、誰も知らない、というわけでもない。出入りの骨董商や鍛冶屋は、山田家の蔵に刀や金銀が仕舞われていることを分かっているはずだ。

――この事態がどう転ぶか、見当がつかぬ。

見通しが立たぬのは、打ちこわしの件だけではなかった。

――そう、うまくいくものだろうか。

須藤の思索はつい、山田源五郎と渡部里久の話に戻ってしまう。先日のリクの話では、向井重之助との結婚は破談とし、婚姻を決めた父には考えを改めてもらう、ということであったが……本当にそう、うまくいくものかどうか。

――第一、相手方も納得すまい。

須藤の疑いを余所《よそ》に、源五郎もリクもそのようなことは念頭にない様子であったが、渡部家の父が強引に話を進めた場合、向井と夫婦となる他ないのではないか。源五郎にしたところで、陸奥国湯長谷《ゆながや》藩を出て他家の養子となったのは、山田浅右衛門家を存続させるためなのだ。

――当主として、御家のことを第一に考えてもらわねば、困る。

当人たちの願いだけで全てが叶う世の中ではない。須藤がむしろ山田家に相応しいと考えている女人は、刀鍛冶・水心子正秀の娘・沙耶《サヤ》の方であった。須藤は密かに水心子の鍛冶所を訪ね、娘の刀への理解の深さに感服してもいた。

鍛冶小屋は、日本橋の山形《やまがた》藩邸の中にある。帰りにはまた寄ることもできるのでは、と心中に期しつつ、張り詰めた気配の漲《みなぎ》る深川の往来を油断なく歩き、中屋敷を目指した。

本家の庭は長く手入れをされてこなかったこともあり、一本の柿の木が立つだけの、生け垣で囲まれた空き地にすぎない。先手弓組の同心四人が屋敷の外を回り、荷車に乗せた俵を庭に運ぶと長谷川へ目配せし、縄を解いた。生臭さが辺りに漂った。

首のない亡骸。梅柄の白い小袖。黒地の帯にも梅の花があしらわれている。小袖には梅の赤色だけでなく、乾き黒ずんだ血が散り、全体が泥で汚れていた。

「この身なりは……」

少し離れたところから、源蔵がいう。「役者の若衆か、芝居茶屋の陰間のようですが」

確かに、女人風の装いであった。

長谷川は、源蔵の言葉が耳に入らないように、何もない庭をじっくり眺め、

「ここでも、試し斬りの稽古はするのかね。亡骸を用いて」

いいえ、と否定した源五郎へ、

「ならば、山元町の方で用いるのか」

「亡骸での稽古は、小塚原《こづかはら》か鈴ヶ森《すずがもり》の刑場で致します」

「蔵の中に亡骸を何体も溜めている、というではないか」

「そう多くもありませぬ。冬の間だけ、胆《きも》から薬を作りますゆえ、その分は置いておりますが」

「胆を取った亡骸はどうする」

「小塚原へ戻します」

「お主らが直々《じきじき》に、胆から薬を作るのか」

「そのはずですが……」ちらりと養父を振り返ってから、「父上もそれがしも新参者ゆえ稽古に掛かりきりで、この冬の薬作りは須藤様と須藤様の御新造に任せておりました」

「二人揃って新参とは、な」

意味ありげに源五郎を見遣り、「山田家は何か余程、焦っておったとみえる」

――何ごとか、疑われておるのだろうか。

先手弓頭の様子からは、先ほどから山田家を値踏みするような気色がある。

「まあ、その話はよい」長谷川は顎で荷台の亡骸を指し、

「……思うところがあれば、述べてみよ」

ぞんざいな態度であったが、逆らうわけにもいかぬ。源五郎は亡骸へ歩み寄った。同心たちが後ろに下がる。傷は首の切り口の他になく、白々とした胸元と手足の表面には、葉脈のように青い血の管が浮き上がっていた。源五郎は亡骸の傷口を眺め、しばらく考えたのち、

「……物取りではないようです」隣に立った長谷川へ、

「金品が目当てなら、わざわざ首を落とすいわれもありませぬ」

「そのようなことは分かっておる」

先手弓頭は低い声で憮然《ぶぜん》と答え、「脇差も巾着も奪われてはおらぬ。なれば、怨恨か血に飢えた

辻斬りの殺人ということになる。この者は見ての通りの若衆だが、今はどこの芝居小屋も茶屋も打ちこわしに巻き込まれるのを恐れて閉じ籠もり、配下の者が幾ら訪ねようと、なかなか戸を開こうとせぬ……他に何か、気付いた点はないか」

「この者が膝を突いたのを見計らい、脇から斬り落としたものと見えまする」

「ほう。そのようなことが分かるか。何ゆえじゃ」

「下手人が余程の大男でなければ、立ったままこのように斬ることはできませぬ。亡骸の両膝にも、痣《あざ》が痕として残っております」

小袖の裾から見える膝を指差し、

「また……下手人の剣の腕は、並みといったところでしょう」

「剣技が並み、と。何ゆえじゃ」

「一刀で首を落とした様子がありませぬ」

「いかなる話か」

「切り口を、よくご覧あれ」

覗き込む長谷川へ、

「途中でひどく波打っておりまする。深く斬りつけ、その時に若衆は絶命したはずですが、刀は骨を断ち切れず、止まっており申す。下手人がさらにもう一太刀を加え首を落とした傷が、波となって現れております。その辺りから推し量れば……恐らく下手人は、若衆に深く頭を下げさせ、脇に立って真上から思い切り刀を叩きつけたのではないか、と。さらに俯《うつぶ》せに倒れたところを、重みを掛けて力尽くで首を断ったと思われまする」

「……確かに亡骸は、俯せに倒れておった」

長谷川は己の顎を片手で撫《な》で、

「とすれば、若衆は相手へ、土下座をしていた恰好になる。命乞いの最中に襲ったか」

ふうむ、と大きな唸《うな》り声を上げ、「行き摺《ず》りでは、なかなかこのような身構えになるまい。下手人は、若衆の知り合いであったとも考えられる。この者は何か、弱みを握られていたのか……やはり腰を入れて、若衆の交遊関係を洗い出さねばならぬな」

頷く源五郎へ、

「しかし、それとは別の懸念もある。時に――お主は昨夜、いかがしておった」

「いかが、とは……山元町へ帰った後は、夕餉《ゆうげ》を取って床に就くだけですが」

「そのようなところであろうな。されど、下男や下女の他、その話を裏付けることができる者もおるまい」

同心たちの様子が変わったことに気付く。腰の刀の柄《つか》を握る者もいた。源蔵が慌てて間に入り、

「源五郎を、召し捕るおつもりですか、確たるわけもなく……それは、余りに無法」

「縄に掛けようというのではない。山田源五郎殿にはしばらくの間、火付盗賊改《ひつけとうぞくあらため》役の堀帯刀《ほりたてわき》様のお屋敷内にいてもらう」眉間に深い皺《しわ》が刻まれ、ものものしい顔付きとなり、

「首を落とす腕は並み、と見定める力があるなら、凡庸を真似ることは幾らでもできよう」

源五郎の胸に怒りが込み上げ、

「……濡《ぬ》れ衣《ぎぬ》としかいいようがありませぬ」

「これは、念のための措置となる。奉行所が動けぬ間、少しでも怪しき者は我らの目の届く場所に留め置く、と御老中がお決めになったのだ。お主だけではない。すでに幾人かの同心や町人が移っておる……本来であれば、奉行所や牢屋敷に集めたいところだが、そちらはそちらで、打ちこわしを首謀した者を押し込める、という。そこで我らは、堀様のお屋敷を借りることとなった」

　鬼瓦にも似た厳しい表情のまま、

「何、打ちこわしの騒動が終わり、若衆を殺《あや》めた下手人が明らかになれば、ただちに放免する。堀様のお屋敷でも、帯刀のままでよい。だが……逃げ出そうなどとは考えるなよ」

　立ち塞がるように近付き、「いいか、山田家の御当主。長谷川平蔵宣以《のぶため》、この名をしかと覚えておけ。いずれ市中の悪人を駆逐し、名を揚げる男じゃ」

「……承り申した」

　憤《いきどお》りを呑《の》み込み、そう応じた源五郎は同心に囲まれ、本家の玄関前に連れ出された。長谷川は、亡骸を小塚原へ戻しておけ、と荷車を引く配下の者へ命じ、通りを見遣ると、

「戻ったか。では、この者を堀様のお屋敷へ連れて参るように」

　新たに加わった与力へいった。承諾した侍を見た源五郎は驚き、その顔を見詰めた。

　堀内流剣術道場筆頭・向井重之助であった。

　侍の目に、敵意が漲っている。

常磐橋《ときわばし》御門内の北町奉行所に参ったリクは侍女を役宅の控えの間に残し、客間へと案内され、そこで北町奉行の入室を待った。

リクは縛られることも白州《しらす》に引き出されることもなく、あくまで事情を訊ねるため、としてここに連れて来られたのだが、心の中は不審で満ちていた。以前、遭遇した辻斬りの話をするため数寄《すき》屋橋《やばし》御門内の南町奉行所を訪れたことはあったが、此度は事情が違う。

――打ちこわしにまつわる嫌疑、とは。

全く身に覚えのない話……散々待たされたのち、曲淵甲斐守が肥えた体を揺するようにして、側《そば》用人《ようにん》も連れず一人で客間に入って来た。

――これほど登場に時を掛けたのは、その間に私を不安に陥れるためではないか。

リクはそう見当をつけていたが、実際に怯《おび》えていたのも確かだった。きな臭さを感じずにはいられなかった。

「篠山藩右筆の娘・渡部里久」

曲淵は頭巾を傍《かたわ》らに置いたリクを見遣り、「その髪は、いかがしたのだ」

「……決意することがありましたゆえ、自ら切りました」

「確かに、若衆のような恰好であるな」

書付を手にしつつ、勿体《もったい》ぶった口振りで、「何ゆえ、そのようななりをしておる」

「剣術の稽古に、都合がよいように」

「女だてらに、か」

「はい……私の身なりと打ちこわしに、何か係わりがありますでしょうか」

「無論のこと」不機嫌な面持ちで、

「打ちこわしが江戸中に蔓延しておることは、知っておろう」

リクは頷き、

「赤坂や青山の話は聞いております。麹町で起こった打ちこわしの傍《そば》を、通り過ぎたことも」

「ほう。麹町の」

曲淵の頬が笑みで押し上げられ、「であれば……商店を襲う輩《やから》の中に、若衆姿の者がいる、とあちこちで目撃されておるのも、知っていよう」

「いえ」

吉弥の姿が心中で瞬くが、その動揺を押し隠し、「そのようなお話、初めて耳に致しました」

「左様か」嬉しげにも見える顔付きで、

「その者は、搗米屋や米屋の前に集う町人らを煽《あお》り立て、打ちこわしをけしかけた、という。しかしながら、盗みはするな、火に用心せよ、と諭《さと》しておったとか。つまり、町人は怒りに任せて乱妨しておるのではなく、米を不当に蓄える商店を正義の心から懲らしめるもの、と訴えるつもりらしい。この指図がましい、分を弁《わきま》えぬやり口は慶安《けいあん》の頃の乱にも似ておる」

黙って聞くリクへ、

「江戸で軍学塾を開いておった由井正雪《ゆいしょうせつ》なる男が幕府を襲おうと目論んだが発覚し、自刃したあの一件。市中に溢《あふ》れる牢人の救済が目的であった、との話だが、いかにも学者の考えそうな、身の程を知らぬ馬鹿げた行いであった……されど、リクとやら」

上目遣いに見ると、「その方の藩でも学問は盛んと聞くが、真《まこと》か」

「……我が篠山藩では、先々代の青山忠高《あおやまただたか》様が御当主の折り、振徳堂《しんとくどう》なる学校を国内に立ち上げ、以来、藩士の子のみならず庶民も学問を学んでおります」

「庶民にも、か。大層立派な話じゃな」脇息《きょうそく》にもたれ掛かり、

「藩の学問奨励の賜物であろう、そなたも寺子屋で町人に教えておるそうではないか」

「はい。神田にて」

「そのような立場なら、町人に肩入れする気持ちも生じるやもしれぬな……待て」

異議を伝えようとしたリクを片手で制し、

「今奉行所は打ちこわしを止めるため、忙しく働いておる。こと細かに詮議する余裕がないのだ。市中に若衆姿の者など幾らでもおり、怪しき者はそなた一人ではない。このような場合、いかにすればよいと思う……取り敢えず全員留め置くよう、御老中様がお決めになった。ご英断であろう」

「……このまま奉行所に留《とど》まれ、というお話でしょうか」

「それは、人による。この北町奉行所に、大勢の者を拘留するような空きはない。できることなら、なるべく怪しからぬ者をここに置き、より怪しき者は小伝馬《こでんま》の牢屋敷へ送りたい。牢屋の中は時に

死者が出るほど過酷な場所ゆえ、よほど疑わしい者の他、入れるわけにはいかぬ」

「町奉行所に、藩士の娘を捕らえる権利があるのですか」

「藩邸を一歩出れば、幕府の法で処断する。緊急であれば、町方が武家に縄を打つことも許されておる。この非常時なれば、牢屋敷へ送ることも仕方あるまい。で……そなたのことじゃが」

狡《ずる》そうな笑みが広がり、

「麹町の打ちこわしの近くにいた、と自ずから申したな。篠山藩右筆の、変わり者の娘」

「……通り過ぎただけの話です」

「少なくとも、その場にはいたというわけじゃ」

青ざめるリクへ、

「牢屋へ送るかどうかは、儂《わし》が決める。そなたは……よい見目をしておるな」

両目が細められ、脇息を除《の》けて躙《にじ》り寄り、

「何、そう悪い話ではあるまい。見ての通り儂は近頃多忙でな、安らぎが欲しいと考えておったところじゃ。これは互いに都合のよい、色濃い寛《くつろ》ぎの機会となろう。そうは思わぬか……」

長刀は、控えの間の刀掛に置いてある。脇差は最初から携えていなかった。咄嗟《とっさ》に懐剣へ伸ばした手を曲淵が押さえ、つかんだ。

リクの心に、一人の若侍の姿が鮮やかに浮かび上がる。

——源五郎様。

曲淵様、と突然、襖の向こうから声が掛かり、さらに身を寄せようとした北町奉行の動きを止めた。リクから手を放し、「入れ」と苛立《いらだ》たしげに命じると、側用人がこうべを垂れて入室し、奉行に近付き何ごとか耳打ちした。

「ほう……そのような話が」

嬲《なぶ》るようにリクを眺め、「そなた、先手弓組与力の許嫁であるか」

――向井重之助殿。

「私は、山田源五郎様の」

「山田源五郎……御様御用の山田家か。源五郎なる当主は今、人形町で首斬りの変事があったゆえ、その嫌疑により火付盗賊改役の屋敷に留め置かれておるはずじゃ」

驚き、何と答えてよいものか判断できず体を強張《こわば》らせるリクへ、曲淵は重ねて、

「いかがした。与力の許嫁であるなら、市中で騒乱を煽るいわれはない、という立場となる。違うか」

言葉のでないリクを鼻で笑い、「藩邸へ戻るがよい。詮議はこれにて終了と致す。そなたのような風変わりな小娘に……いつまでもつき合っている暇《いとま》はない」

呆然とする思いで、客間から退いた。子細を知りたがる侍女へ生返事をしつつ、刀を腰に戻すリクは、別のことを考えていた。

――私は、向井の許嫁であることを否定しなかった。

我が身可愛さに。牢屋に入りたくないばかりに。

北町奉行所の正門を出たリクの心に、山田源五郎の悲しげな顔が浮かび、消える。

火付盗賊改役・堀帯刀の居宅は、神田小川町《おがわまち》にあるという。リクの住む篠山藩上屋敷より西に位置していたが、その隔たりは九町（一町＝約一〇九ｍ）ほどで、そう遠いものではない。

――神田の辺りでも、打ちこわしは起こったのであろうか。

そう考えながら歩く源五郎の横にぴたりと並び、油断なく付き添うのは向井重之助一人であった。道中ひと言も喋《しゃべ》らず、無言で行く先を顎で示し、乱暴に引き立てたりはしなかったが、常にその手が刀の柄に伸びる気配があり、強い敵意が窺《うかが》えた。

――儂のことを、怪しき者と長谷川に訴えたのは、重之助殿ではないか。

そう推し量るが、真相は分からない。しかし、重之助がこちらに憤っているのは、渡部里久のことが係わっていると考えて間違いないだろう。

「……北町奉行所に」九段坂《くだんざか》まで来た時、唐突に重之助が口を開き、

「お里久殿が呼ばれた、ということを聞いておるか」

「……知り申さぬ」源五郎は驚き、重之助を見た。

「それは、何ゆえにござるか」

「打ちこわしを煽る若衆がいる、という町人からの知らせが奉行所にあり、女武芸者であるお里久殿を詮議することとなったのだ」

「あの方が打ちこわしと係わるなど、あり得ませぬ」

「そのようなことは、お主にいわれなくとも分かっておる」

重之助は苛立ちを隠さず、「奉行所で、辻斬りや打ちこわしについて談合するうちに、知った話だ。その場で、拙者が釈放の手筈《てはず》を整えた。お里久殿への詮議は、取り消されたはず」

「……無実と認められたということですか」

「認めるも何もない。渡部里久は拙者の許嫁であるのだからな。与力の妻が、打ちこわしに加担するいわれはなかろう」

言葉を失う源五郎へ、

「渡部家のお父上からは、縁組の話はしばし待たれよ、と伝えられておる。娘は思い込みの激しい気性ゆえ、今は我を失っておるが、いずれ必ず落ち着きを取り戻すであろう、とな」

睨《にら》みつけ、「山田浅右衛門家は、首斬りの褒美と人胆を薬にして得た財を溜め込んでおるとも聞く。財の力でお主は横車を押したつもりであろうが、そうは参らぬ。これは御家と御家の取り決め。牢人風情が出しゃばってよい話ではない」

俄に恐れが湧き上がり、体の芯に震えが走った。いい返すこともできず、辛うじて歩を進める源五郎へ、

「分を弁《わきま》えられよ」重之助の声が重く響き、

「お主自身もお主の家も、お里久殿に相応しくないのだ」

リクは侍女の反対を聞き入れず、日本橋へ向かった。

中村座の芝居小屋は北町奉行所からすぐ近くの位置にある。暮れ方が訪れようとしていた。吉弥の住む場所は知らなかったが、芝居小屋に誰かいれば、彼の消息を聞くことくらいはできるだろう。

「早《はよ》う、戻りませぬと」侍女のキヨが、足早に歩くリクの後を追い、

「旦那様も屋敷の者も、心配しておりまする」

「そなたが一人で戻って、無事を伝えればよい。そうだ」

キヨへ振り返り、

「その後、火盗改《かとうあらため》役様のお屋敷を訪ねてもらえぬか。同じ神田にあるのを知っていよう。牢屋でないとはいえ、源五郎様がそこに留め置かれておるのは不当なお話。お目に掛かることができるか定かではないが、どのようなご様子か、少しでも確かめたい」

侍女はリクの頼みを首を振って断り、まずは藩邸へ、と繰り返し、

「ご自身で参られるなら、私もおつき合い致します」

本心は今すぐに堀帯刀宅へ向かって、山田家の当主の無実を訴えたいところだった。しかし……己がその役に立てるものかどうか、分からない。そして。

——源五郎様に合わせる顔がない。

奉行所での己の無言が、深い後悔となって胸の中で淀《よど》んでいる。ひどい罪を犯した心地だった。代わりに償いとして何かをせねば、リクの気が済まないのだ。

日本橋堀留町《ほりどめちょう》に着くと市村座《いちむらざ》の芝居小屋が見えたが、小屋も周囲の芝居茶屋も入口を閉め切り、常の華やいだ様子は何処にもない。人通りも少なく、時折牢人らしき侍や古びた小袖を着た町人と擦れ違ったが、いずれの者も落ち窪《くぼ》ませた両目を光らせ、往来そのものが異様な気配に満ちていた。キヨはすっかり怯えきっていたが、頑《かたく》なに、一人で引き返そうとはしなかった。

中村座の芝居小屋に着いた。屋根の上には隅切銀杏《すみきりいちょう》の定紋を張った櫓《やぐら》が掲げられ、その下に紋入りの提灯《ちょうちん》と役者名を書いた大看板が幾つも絢爛《けんらん》と飾られている。五月《さつき》興行の最中のはずであったが、やはり入口は固く閉ざされていた。リクは御用木戸へ向かい、「お頼み申す」と声を張り、「どなたか、おられませぬか。こちらは、篠山藩右筆の娘・渡部里久という者。お頼み申す」

戸を叩くが、返答はなかった。後ろから袖を引いて止めようとするキヨに構わず、もう一度大声を出そうとした時、二階の役割看板の奥からこちらを覗き込む、若衆髷を結った顔が目に入った。

「吉弥。吉弥であろう」

思わずリクが呼び掛けると、若衆が看板の隙間を通ってするすると屋根に上がり、こちらを見下ろし、去れ、といった。「お屋敷へ戻るがいい」

櫓を支えに大きくはない体で仁王立ちとなり、傲然《ごうぜん》という。両手に何かを持っている。

背がずいぶん伸びた、とリクは思う。女人のような顔立ちは、昔のままでも。しかし、あの張り詰めた顔付きはただ事ではない。吉弥、と再び呼び掛け、

「私に何か、話があったのではないか」

「……話などない」

「ならば、何ゆえ、形見の櫛を預けて帰ったのだ」

芝居小屋の屋根の上に立ったまま、吉弥が黙り込んだ。

よく眺めてみれば、吉弥の黒い小袖のあちこちが破れ、総身が傷付いているように見えた。片手に小振りな木桶を、もう一方の手に小さな鐘を下げているのをリクは認めた。

——やはり、何かがおかしい。

少しでも近付こうと建物へ詰め寄り、

「吉弥。そなたの様子、何か大それたことに係わってはおらぬか」

吉弥の顔が青ざめたように思える。

「何もないっ」若衆は櫓の脇で怒鳴り返し、

「早くここを去れ。このようなところにいては……お主も巻き込まれるぞ」

そう吐き捨てるようにいうと、吉弥は木桶と鐘を抱えて屋根を走り、隣の芝居茶屋の上に天狗の如く身軽に飛び移り、向こう側へ姿を消してしまった。

「吉弥、待てっ」

留めようとするキヨの手を振り払い、追い掛けようとした時、「追ってはならぬ」という掠《かす》れ声を聞いた。見ると、芝居小屋の正面、すぐ傍の小さな鼠木戸《ねずみきど》が開き、青白い腕だけが奥の闇から伸びている。「こちらへ参れ、早う」

女人のような細く白い腕だったが、声は男のものであった。

「吉弥を追い掛けては、そなたにも災いが降り掛かるぞ。そもそも、あの素早い若衆に、追いつける者などおらぬ。それより、この木戸を潜《くぐ》って、中に入るのじゃ」

まるで、手招きする腕そのものが喋っているように聞こえ、

「話をして遣わす。何を、ぐずぐずしておる。早う、致せ。日が暮れるぞ。この辺りもじきに危うくなる。早う……こちらへ」

芝居茶屋の屋根からはもう、吉弥の気配は消えている。吸い込まれるように鼠木戸へ歩み寄るリクの小袖の袂《たもと》を、キヨがつかみ、

「いけませぬ」力一杯引き止め、

「それこそ、危のうございます。このまま、藩邸にお戻り下さい」

後ろを顧み、侍女の必死の顔付きを見ると気の毒にも感じるが、

「話を聞く。そなたは、先に戻るがよい」

身を屈《かが》め、腕が奥へ消えた狭い木戸を潜り、リクは芝居小屋の中に入った。袂を引く力は弱まったが感触は消えず、キヨがこちらに続いて、一緒に鼠木戸を潜り抜けたことが分かった。

芝居小屋は暗く、朧《おぼろ》げに升席の並びとその先の舞台を隠す定式幕《じようしきまく》を窺うことだけができた。

木戸の閉じられる軋《きし》みが響き、リクが振り返った時には、すでに小屋の内は黒色に包まれていた。

十

五月二十一日の午後、京橋南伝馬町《きょうばしみなみでんまちょう》の米仲買・万屋作兵衛《よろずやさくべえ》の店が襲われた。一万俵買い込んでいる、田沼意次から一万俵預かっている、などと噂された大商店であった。

まず店の前に童らが現れた、という。

五、六人の童らが万屋の店先で相撲を取り出した。次第に見物の人だかりが増え始めたのを知り、店の者が閉ざしていた戸を開けて、このような場所で遊ぶな、と追い払おうとしたところ、童らが逆に店に踏み込み、それが打ちこわしの合図になった、と記録されている。

その中に稲妻のように素早く、大力の子供がおり、捕り方も逃げ出すほどだったとも伝えられるが、いずれにせよ暴徒の勢いは凄まじく、小麦や小豆《あずき》などは店の前に引き散らかされて、向かいの軒下にまで散乱し、二階から投げ落とされた長持や簞笥《たんす》の壊れる音が雷鳴のように轟《とどろ》き、引き裂かれた衣服や夜具、帳面が天を舞い、打ちこわし勢は盗みを働かなかったが、往来に山になった米を貧民の老婆や小娘までが必死で拾う姿があちこちにあり、大きな店はがらんどうになるまで、徹底的に蹂躙《じゅうりん》されたということであった。

日本橋・京橋は商業の中心地であり、この一帯は米穀を扱う店が数十軒も打ちこわされたという。

騒ぎはついに、江戸市中の全てに広がろうとしていた——

三

我の思案に誤りはなかった。何処の商屋でも童には警戒しない。

童を用いれば、見物人を集めるとともに、容易に商屋の戸を開けさせることができた。

そこで拍子木を叩いて群衆を煽れば、嵐の如き騒擾が生じる。

小さな騒ぎが、争乱へと広がる。何度でも、騒ぎは起こすことができる。

後は時の流れが、業に濡れた紅い花を咲かせてくれるであろう。

ほどなく、かの者も引き寄せられるはず——

十

堀帯刀の居宅に堀本人はおらず、敷地内に仮牢もあるとの話だったが、源五郎には屋敷内の一室が与えられ、刀や脇差を取り上げられることもなく、あくまで客人としての扱いであった。先手組の二、三人が時折入れ替わり、昼夜を問わず玄関の辺りに陣取り、出入りする者を見張っていた。

一夜明けた午後、源蔵が一人で様子を見にやって来た。膝が痛むため、わざわざ杖を突いて訪れたのだ。源五郎の方から、

「須藤様に、ご心配をお掛けしているのではないですか」

「新橋へ使いを送ったが、中屋敷に用があり不在、とのことであった。知った時には……大変なご心労となるであろうが」

恐縮する源五郎へ、

「市中の様子を伝えようと思ってな」源蔵は江戸の絵図と読売を携えており、

「昨日は京橋の万屋が襲われたが、今日は日本橋の三井《みつい》の中店《なかだな》が打ちこわしに遭ったそうだ。三井は呉服や木綿や両替を商う大商店だが、中店は日用の品や食糧を貯蔵する場所にすぎぬ。どうやら三井では打ちこわしを警戒していたものの、中店が狙われるとは考えていなかったらしい」

「読売とは、そのように早々と市中の事柄を報じるものなのですか」

「読売を作る者は幾人もおって、早さを競っておる。一番早い者になると、火事の中でそれを報じる読売を売るそうだ」

源蔵は切絵図を畳の上に並べ、

「此度は、打ちこわしの報を小者に買い集めさせた。酔狂と見えるやもしれぬが、集めてみると色々なことが分かる。見よ」

絵図の中に楊枝《ようじ》を立ててゆき、

「打ちこわしには、どうやら流れがある。赤坂や深川《ふかがわ》で起きたものは別として、昨日、南方の高《たか》輪《なわ》・芝《しば》の米屋や茶屋を襲った者どもが北上し、今日の午後には京橋・日本橋に達したらしい」

さらに楊枝を突き立て、

「ここから北の浅草《あさくさ》へ向かう一勢と、逆に南の築地《つきじ》へ向かう一勢、また日本橋の辺りに留まる一勢に分かれたようだ。何処でも、米を蓄える商店が激しく襲われておる」

「日本橋は北町奉行所の目と鼻の先ですが、取り締まりは行われなかったのでしょうか」

「曲淵様直々に、何度も御出馬したそうだ。されど……西河岸《にしがし》では暴徒に罵《ののし》られて退き、万屋では捕り方が打ち叩かれて引き下がったという。多勢に無勢というものであろう。曲淵様は奉行所から出る気概を失った、とか」

源五郎は、増えてゆく楊枝を見詰めつつ、

「……日本橋の一勢は、少しずつ北西へと動いているのでは」

「うむ。昨夜には、飯田川《いいだがわ》を渡っておる」

「とすれば、神田へ向かっていることになりませぬか」

「許嫁なら藩邸にいよう。心配あるまい」

「されど、奉行所であらぬ嫌疑を掛けられた、との話。今は、釈放されたとのことですが」

怪訝《けげん》な面持ちとなった源蔵へ、

「打ちこわしを扇動する者がおり、それが若衆姿をしているらしいのです」

「……そのような噂は、儂も聞いた」

荷物から取り出した読売の絵図を示し、

「暴徒の中に美しき若衆がおり、飛鳥の如《ごと》く駆け巡って群衆を指揮し、大力で暴れ回っていた、という……だが」

肩の力を抜き、「このような折りには、怪談の如き風説はつきものであろう。先ほどの三井の中店でも、童らが米を貸せと掛け合いに現れ、押し問答するうちに人が集まり打ちこわされた、という話もある。どれも噂にすぎぬ。気にするほどのこともなかろう」

「他に何か、風説はありますか」

「拍子木や半鐘《はんしょう》を用いて打ちこわしを指揮する者がおる、との噂も聞いたが」

「仮の話ですが」源五郎は何か、得体の知れぬ不安に襲われ、

「本当に町人を扇動し指揮する者がいる、と考えてみては、いかがでしょう」

「若衆や拍子木の噂が、本当であると」

「もしも真であった場合、どのような人物が町人を煽っているものか、と」

「仮の話、か」腕組みをして考え込み、

「指揮する者は群衆を煽るとともに、盗みを戒め、火に用心せよ、とも説いて回っていたと聞く」

向かい合って座る源五郎と源蔵が、同時に顔を上げた。

「拍子木と半鐘、そして火の用心というなら」

「火消《ひけし》が係わっておるのやもしれぬ……しかし何ゆえ、このように大それたことを火消が目論む」

「世直しのため、でしょうか。父上、この話を、奉行所へ伝えることはできませぬか」

扇動する者が明らかとなれば、リクが疑われるいわれもなくなる。もし捕らえることができれば江戸市中の騒擾も、すぐさま鎮火するであろう。源蔵は、

「想定の話に、お奉行様が聞く耳を持つかどうか……須藤殿であればあるいは、縁故を通じて伝えることもできるやもしれぬが」

突然奥の襖が開き、大柄な体が現れ、挨拶もなく絵図の前で胡坐《あぐら》をかいた。長谷川平蔵であった。

驚く二人へ、「お主ら、面白そうな話をしておるではないか」

にやりと笑い掛ける。

＋

今治藩中屋敷を出た須藤は、新橋の寓居へは戻らず麴町を訪ねると決め、先を急いだ。山田家のことが、やはり気掛かりであった。

一夜明けた深川の町は打ちこわしの惨禍に見舞われ、ばらばらになった商店の家具や建具が散らばり、道に溢れた米や着物に貧民が群がって掻《か》き集めては逃げ去り、惨《むご》たらしい有り様であった。

それらを避けて先へ進み、ようやく隅田川を渡って日本橋に入るが、その様子はいっそうひどく、人形町に足を踏み入れると悲鳴が方々から聞こえ、家屋の壊される音が響き渡り、槌《つち》、玄翁《げんのう》（金《かな》鎚《づち》）、鳶口《とびぐち》（棒の先端に鉤《かぎ》のついた道具）などを携えた異様な目付きをした大勢の町人が急ぎ足で通り過ぎ、それらの騒動に巻き込まれては命が危ういと思えるほど、町の全てが憤りの咆哮《ほうこう》を上げるかの如き鬼気迫る景色となっていた。

——これは、凶徒の目を引かぬよう進まねばならぬ。

道には刺股《さすまた》や突棒《つくぼう》などの捕物道具も転がっており、それらは町奉行所の捕り方も歯が立たなかった事実を示している。

――虎次郎のこともあるが。

往来がこう荒れていては、捜しようもない。麹町へ急ぐと決め、人形町を通り抜けようとした時、建物の陰から辺りを見回し、何処かへと駆け出す五、六人の男子が目に映った。

須藤は迷ったが童を追い掛けることに決め、童らの去った方へ駆けると、閉じた屋台の裏に集まり、何ごとか相談する小さな姿を見付けた。その中に、見知った男子がいた。

虎次郎、と声を掛けた途端、蜘蛛《くも》の子を散らすように童らが逃げたが、再び呼び掛けると、そのうちの一人が立ち止まり、振り返った。

「虎次郎、儂じゃ。新橋の須藤じゃ」

歩み寄り、「このようなところで、何をしておる。蛤を売らなくてよいのか」

「……こちらで仕事があったのです」

「天秤棒を担いでおらぬではないか。どのような仕事じゃ」

「……店の前で、皆で相撲を取ったりするのです」

「子供が相撲を取って、銭が貰えるのか」

こくり、と虎次郎が頷く。決まりの悪い様子であった。

「誰が、お主らの相撲に銭を払う」

「……名は知りませぬ。若衆姿の大人です」

須藤は何か不穏なものを感じ、「店の前とは、何処の店じゃ」

虎次郎はいい難《にく》そうにしばらく黙っていたが、やがて口を開き、

「……もう、ありませぬ」

「ない、とはいかなることか」

「人が集まり過ぎ、打ちこわされてしまいましたゆえ」

須藤は唸った。

――この者らは、打ちこわしに係わったのか。

よいか、と眉間に皺を寄せた顔を虎次郎へ寄せ、

「もう多くは聞かぬ。だが、見知らぬ者からうまい話を持ち掛けられた時には、恐ろしいことが起こるものと心得よ。もしもその打ちこわしで人が死んだら、お主は何と致す」

虎次郎が俯《うつむ》いて泣き出し、「須藤様、これを返しまする」と小さな手のひらに握られていた一朱金を差し出した。

「……儂に返しても仕方ない。此度は持って帰るがよい。だが向後は、知らぬ者から受け取らぬことじゃ。何ごとかに巻き込まれた時には、家族の元へ戻れなくなるぞ」

涙を拭い、何度も頷く男子へ、「さあ、早う帰るがよい。また蛤を売りに来てくれよ」

――奇怪な話じゃ。

駆け去っていく後ろ姿を見送りながら、須藤は得体の知れぬ不安を拭えずにいた。

――儂も、災いに巻き込まれまいぞ。

打ちこわしを避けるため、寄席《よせ》や芝居茶屋の並ぶ通りを選び、小走りに駆け出そうとした須藤の背に突然、金切り声が浴びせ掛けられた。驚き振り向くと、年増の女が慌てた様子でこちらへと詰

め寄り、「このようなところでお会いできるとは、まさしく神仏のご加護じゃ」

ようやくこの女人に覚えがある、と須藤は気付く。篠山藩上屋敷に赴《おもむ》いた折り、敵《かたき》を見るような目でこちらを睨んでいた、渡部家の侍女であった。

狼狽《うろた》える須藤へ、侍女は縋《すが》りつくように、

「お願いです。お里久様を……渡部家の娘をお助け下さいまし」

＋

源蔵は、堀帯刀宅の一室に突然現れた先手組頭に驚きつつも、

「……このお話を、奉行所へ持ち掛けることはできましょうか」

「してもよい。だが、話は通らぬであろうな」

長谷川は、畳の上に広げられた絵図を興味深げに覗き込み、

「曲淵様は忙しい。さらに……先手組の忠言などに耳を傾けるようなお人ではないゆえ。それに」

じろりと源蔵を見遣り、「お主らが今心配するべきは、首斬りの件についてではないか」

「何か、進展がございましたか」

「わずかながら、な」口の端を歪《ゆが》め、

「首を斬られた者は、陰間茶屋で働く鈴之助《すずのすけ》なる若衆、ということは分かった。されど、鈴之助が相手にした侍・町人は多く、すぐには見当がつかぬ。そもそも陰間茶屋では、惚れた腫《は》れたで悶着

の起ることが珍しくない。しかも市中はこの騒ぎじゃ。打ちこわしの最中に下手人を捜すとなればいく……簡単にはいくまいな」

源蔵には、首斬りの下手人について気になることがあり、

「鈴之助なる者の首は見付かりましたか」

「見付からぬ。野良犬に持ち去られたか、川にでも捨てられたやもしれぬ」

「ついでとはいってはなんですが……」

源蔵は慎重に、「もう一つ、仮の話をしてもよろしいでしょうか」

「何じゃ。申してみよ」

「首が見付からぬということは……下手人が今も携えている、とは考えられませぬか」

「何」長谷川の顔が俄に引き締まり、

「愛憎の果てに殺し、その首を我がものとして持ち去った、か。まるで怪談のようじゃな」

厳めしい表情で、

「近頃出版された読み物に、『善悪業報因縁集《ぜんあくごうほういんねんしゅう》』というものがある。知っておるか」

「いえ……それは、仏教の説話集でしょうか」

「左様。因果応報の見聞を集めたものゆえ、中には陰惨なものもある。例えば」身を乗り出し、

「尾張《おわり》名古屋に知礼《ちれい》という僧がいた。ある夜、農村から使いの者が知礼の元にやって来ると、急に奥様が亡くなられたゆえ通夜のお経を頼みたい、という。死者の弔いは僧侶の務めと心得、知礼はすぐに駆けつけ、家人が別の間に休む間も、一人棺桶の前で念仏を唱えていた。夜も更けた頃……

蓋をした桶の中で、死人が呻《うめ》き声を上げた」

長谷川の話し振りは、熟練の講釈師のようで、

「火車妖怪の仕業か狐狸《こり》に化かされたか。知礼は目を凝らして様子を窺った。すると今度は大きな音を立て、棺桶の蓋が動き始めた。内から死者が蓋を開けようともがいておるのだ。驚いた知礼は咄嗟に蓋を両手で押さえたが、とてつもない力に撥《は》ね飛ばされてしまった」

話に引き込まれてしまい、黙って聞き入る他ない。源五郎も同じ様子であった。

「知礼は、棺桶の中から死んだはずの女人がうつろな眼《まなこ》で立ち上がるのを見た。死人は息のひと吹きで周りの灯火を消した。辺りは真の闇に包まれた。漆黒の中、死人の足音がひたひたと聞こえ、目前を通り過ぎ、家主と妾《めかけ》の寝る小座敷へと消えた。わずかな間があったのち、大きな悲鳴が辺りに響き渡った」

源蔵は、思わず息を呑む。

「闇の中で震える知礼が明け方になって気付いたのは、棺桶の中で仁王立ちとなった死人の姿であった。生きているかのように両目を見開き、その両手には家主と妾の首をぶら下げていたという。家人が二人の首を屍《しかばね》から引き離そうとしたが、死者の指は固まり、外れなかった。そこで知礼は改めて経を唱え、亡婦に語り掛けた。そなたの嫉妬の悪念が死後も屍を動かし、両人の命を奪った。このままでは罪の報いにより無間《むげん》地獄に堕《お》ち、永遠の苦しみに苛《さいな》まれるであろう。拙僧に続き、念仏を唱えよ。仏の慈悲がそなたを必ずお救いになるであろう、と。すると亡婦の両目から怒りの色が消え、手に持った男女の首を棺桶の底にぼとりと落とし、倒れ込んで元の屍に戻った。その恐

ろしい一夜のために、知礼の顔色は死者のように血の気が抜け、何年経《た》っても青白いまま戻らなかったという」

長谷川は二人の顔を見遣って、にやりと満足げに笑い、「この話にもある通り、痴情のもつれによって愛人の首を取り去ろうとするのは、確かにあり得ぬ話ではない」

「……しかし、そうすると」

これまで黙って聞いていた源五郎が口を挟み、

「下手人は愛人と憎き者、二つの首を欲することになります」

「そう何度も、簡単にはいかぬ」

ふと長谷川自身が考え込み、

「しかし、この騒擾に乗ずれば……いや、仮の話はもう充分じゃや。しかし、下手人が今も生首を携えておる、ということは考えられる。荷物に注目して探るのも、悪い手ではない」

俄に立ち上がり、

「ここで大人しくしておれば、いずれ下手人は捕らえられよう。騒動が去った折りには……芝居見物でも吉原《よしわら》でも参って遊ぶがいい」

襖を開き、廊下に出ると、「お主らは若いくせに、どうにも堅苦しいゆえな」

長谷川の目付きには、源五郎への疑いを解いたらしき親しさがあった。しかしその奥には、未《いま》だ油断のない鋭さも見え隠れしている。

先手弓頭が廊下を去ってゆく。

＋

「最初から申されよ」

何ごとかをまくし立てる渡部家の侍女をまずは落ち着かせようと、建物の陰へ導く須藤へ、

「長々と話す暇はございませぬ。お里久様は恐ろしい企みに、巻き込まれようとしているのです」

「落ち着かれよ。それで、お里久殿は何処におられる」

「もう人形町にはおりませぬ」キヨは辺りを見回して、

「お里久様は今、打ちこわし勢を追っているのです」

須藤は眉をひそめ、「何ゆえ、お里久殿が凶徒などを追う」

「詳しい話をしているわけには……よいですか、須藤様。お里久様は、源五郎様の嫌疑を晴らそうと動いておられるのですぞ」

「……いかなる話じゃ。嫌疑とは」

「何もご存じないのですか」

リクの侍女は憤りも露《あらわ》に、この辺りで首斬りの事件があったこと、山田源五郎が疑われ、堀帯刀宅に留め置かれていることを知らせた。

――何と。

須藤は仰天した。声が震え、

「源五郎は今も、そこにおるのか」

「恐らくは。しかし今は、お里久様のお話です」

小袖の襟にすがりつき、「お里久様は、打ちこわし勢の中にいる首斬りの下手人を追っているのです。このままでは、お里久様まで恐ろしい目に遭うことに――」

＋

昨夜からの一晩を、リクと侍女のキヨは芝居小屋の中で過ごしたのであった。

リクを小屋の内へ導いたのは菊之進《きくのしん》という中年の女形で、火を点けた燭台を手に階段を上り、天井の低い中二階の大部屋へ二人を案内した。

――とんだ役回りとなったものさ。

菊之進は、大部屋にリクらを座らせると大きな溜め息をつき、

――このような時でも誰かは小屋を守らねばならぬ、と座元がいうものだから、皆で籤《くじ》を引いて、あたしが負けたのよ。さっきまでは手代がいたのだが、外の騒ぎの大きさに、裏口から逃げてしまった。嵐の中、下っ端のあたし一人が船を守っているようなものさね……外に出るんじゃないよ。まだこれから、打ちこわしは大きくなるだろうからね。

吉弥は何処へ向かったのです、というリクの問いに、

――あの子は地獄へ向かったのさ。追い掛けるものじゃない。

吐き捨てるようにいったが、菊之進は一晩掛けて、吉弥にまつわる幾つもの事実を教えてくれた。菊之進の話はすぐに逸れ、女形としてうだつの上がらぬ身上の愚痴が言葉に交じったが、夜が明ける頃には、リクはおおよその事態をつかむことができた。

吉弥は、数馬《かずま》という女形に見習いとしてついたという。しかし師匠は年増であったから、女形を諦めて芝居作者で身を立てようと転身してしまった。吉弥はそれでもしばらくは数馬から芝居の所作を学んでいたが、次第に宙ぶらりな立場となり、芝居小屋に顔を見せぬ日も多くなっていった。数馬なる師匠は、吉弥へ何もいわなかったのですか、と訊ねると、

——師匠も師匠でな、芝居の本を読むのに身を入れる余り、吉弥に構わなくなってしもうた。誰か別の女形へ託せばよいものを、そのような気もなく……

リクが吉弥に算術を教えていたと知ると、

——そなたも師匠か。だが……もう吉弥のことは忘れることじゃ。

菊之進はかぶりを振っていい、

——恐ろしいことに巻き込まれるぞ。昨日、誰もいない大部屋の隅に吉弥が木桶を置くところを、あたしは見た。

小さな燭台を囲んで座る三人の影が、大部屋の陰りと溶け合い、揺れていた。

芝居小屋の屋根に立った吉弥が手から下げていたものは、と思い出したリクへ、

——木桶からは、次第に生臭さが放たれるようになったのじゃ。今も少し残っていよう。部屋に染みついた白粉《おしろい》の匂いで分からぬか。それ、木桶はそこに置かれていた。近付けば分かる。

菊之進は燭台を持ち上げ手を伸ばし、大部屋の角を示した。

――古びた木桶じゃ。底から……血が流れ出しておった。

そこに黒い染みを見付け、リクの首筋の産毛が逆立った。あの木桶に入っていたもの――キヨが体を震わせながら、リクの袖を握った。

――桶について訊ねたあたしを、吉弥は物凄い目付きで見返しおった……それだけではない。

燭台を三人の中央に戻し、

――近頃、吉弥が熱心に読んでいた書物がある。書物は大部屋に捨てられておったゆえ、あたしも目を通した。目を通し、焼き捨てた。何ゆえか……捨て置いては、禍事《まがごと》に芝居小屋が巻き込まれかねん、と考えたからじゃ。書物は、仏僧の話を集めたもの。その中に……屍が通夜の最中に起き上がり、夫と妾を殺める物語がある。屍は二人の生首を両手に持ち、棺桶の中に立つのじゃ。よいか。

しがみつく侍女の重さを感じながら、聞き入るリクへ、

――昨日、この付近で若衆が殺された。陰間茶屋の鈴之助であろう、と皆で噂しておる。鈴之助は評判の美男であったが、心根が悪く、真心から客を好いておるものと思い込ませ、相手の妻や恋人から当人を奪い、金品を要求し、身上を潰させるのを繰り返しておった。いずれ鈴之助には仏罰が下るであろう、と噂し合ったものじゃ。ゆえに、殺された。首を体から切り離されて、な。首を持ち去ったのは、吉弥であろう。

小声となり、

――しかもそれで、吉弥の悪行は終わらぬ。あの様子……顔付きは益々険しくなり、両目は血走っ

たまま、小屋の中をうろついておった。〃弥右衛門《やえもん》〃と何度も口走りながら、な。それが恐らく……鈴之助に寝取られた、吉弥の愛人であろう。よいか、吉弥は弥右衛門なる者を、さらに殺めるつもりでおる。

弥右衛門という名に覚えは、とリクが訊ねると、菊之進はしばし黙り込んだが、

――……藤村《ふじむら》弥右衛門、やもしれぬ。藤村とは北町奉行所の与力でな、この辺りの陰間茶屋によく現れる、脂下《やに》がった、これも見目のよい侍じゃが品性は悪しく、陰間にひどい暴力を振るう。係わるべき相手ではないのだが、恐らく吉弥はこの二人に振り回されることで、正気を失っていったのじゃろう。吉弥は、鈴之助と弥右衛門の首を斬り落とし、両手に下げることで愛憎の結末を拵《こしら》える気でおるのじゃ。

リクは思い起こす。吉弥が私に母上の形見を預けたのは――狂気の波が寸時引いて現れた、確かな意識のなせる行いであったのか。その後再び、修羅の世界へ身を投げたのか。

――吉弥は、市中で町人が暴れ回るこの時を、好機と捉えておる。

燭台の、揺らめく小さな炎を見詰めるリクへ、

――それどころか、吉弥自身が扇動しておるやもしれぬ。芝居で使う拍子木や鐘が、何日も前になくなっておってな……

リクは意を決し、私が吉弥を止めます、と告げた。

――愚かなことを。

菊之進は声を荒らげ、

――正気を失った者に、言葉も真心も届きはせぬ。何ゆえ、そなたから災いに巻き込まれにゆく。私の許嫁が殺人の下手人と疑われているのです。吉弥の行いを止め、奉行所のお裁きを受けるよう説得することができたら、許嫁の嫌疑を晴らし、また私は、弟子の魂を幾らかでも救うことができるのでは。

――説得など……吉弥が受け入れるものか。

リクはそういい募る菊之進の両目を見詰め、吉弥にこれ以上凶事に手を染めさせたくはありません、少なくともそれだけは、と伝えた。話の礼をいって立ち上がるが、なりませぬ、とキヨが袴に縋りついた。打ちこわしの中に飛び込むなど以《もっ》ての外、と金切り声を上げた。そもそも追い掛けようにも、一勢はずっと遠くに達しているのでありませぬか。

大勢での動きは鈍く、また打ちこわしも途中で休まねば続くまい、とキヨへ告げ、その着物では走れまい、お前は往来が静かになってから藩邸へ戻るがよい、と指示し、侍女の手を振り払い、リクは大部屋を出た。

さらに何ごとか大声で訴えるキヨを中二階に残し、リクは階段を駆け降り、鼠木戸を開けて外へ出た。空に昇った陽は雲に隠され、薄青い光が市中に注いでいる。

――吉弥、早まるな。

胸の中で念じ、リクは北へ向かったらしき打ちこわし勢の後を追い、走り出した。

長谷川の去った堀帯刀宅の一室で源蔵は源五郎と二人きりになり、打ちこわしが終わるまでここで静かにしていれば、下手人がすぐに捕らえられなくとも、ほどなく山元町の薬店に戻れるであろう、との目算を立て、向後の山田家について話し合った。

御公儀から跡職《あとしき》願いの許可は得たが、源蔵の隠居願いと源五郎の浅右衛門への改名の願いは正式に許されてはいないため、源蔵はその根回しを、源五郎は山田流試刀術・三つの技の残り二つ、〃釣り胴裁断〃と〃払イ胴裁断〃を会得するために精進するなど、それぞれの務めを確かめていたところに、須藤が飛び込んで来た。このようなところに留め置かれておるとは、堀帯刀様を探し疑念をいち早く解かねばならぬ、と息を切らしながらいい立てる山田家の高弟へ、

「山元町へ参られたのですか」源蔵がそう訊ねると、

「いや……人形町で、渡部家の侍女と会ったゆえ」

何かいい難そうな素振りがある。源五郎が目敏《めざと》く、

「それは、お里久殿の侍女ではありませんか」

「……そうだが」

「お里久殿に会った、とは申されませんでした」

その口振りが鋭くなり、「何かあったのではないですか」

仕方なしといった様子で須藤が語ったのは、渡部里久が首斬りの下手人を追い北へ向かったとの話で、下手人は打ちこわしを指揮する若衆であるという。

源五郎が刀を取って立ち上がり、「お里久殿は何処に。北、とは」

「いや、しかとは分からぬが、打ちこわし勢は柳原《やなぎわら》から神田川沿いに西へ向かったらしい。ゆえに恐らく……いや、待て、源五郎。儂がお里久殿の元へ参る。このような時に、山田家の当主が軽々しく動いてはならぬ」

源五郎は聞く耳を持たず、荒々しく襖を開け、廊下に出た。須藤とともに源蔵も後を追う。広い玄関の上がり框《かまち》に座っていた二人の侍のうち一人が、素早く腰を上げた――向井重之助であった。

「何処へ参る気だ」厳しい問い掛けに、

「許嫁の元へゆく」

源五郎の足は止まらず、「お里久殿は、首斬りの下手人を追っているという。そなたも来い。柳原はここから半里（一里＝約三・九三km）もない」

「ならぬ。そこから一歩も――」

刀に手を掛けた重之助がそれ以上動くより早く、源五郎が長刀の柄を相手の鳩尾《みぞおち》に食い込ませた。苦悶の声を上げ、重之助がその場にうずくまる。鹿島神流《かしましんりゅう》剣術を修める源五郎は、組み打ちの技にも長《た》けていた。源五郎は、呆気に取られた表情で腰掛けたままの同心を見下ろし、

「長谷川様にお伝えせよ」有無をいわさぬ口調で、

「山田源五郎は許嫁を守りにゆく、と。ことが終われば必ず戻る、とな」

その剣幕に、同心はおろか須藤でさえ引き止めることができなかった。

源五郎は玄関の戸を開き、勢いよく、曇天から灰色の陽光を浴びる市中へ駆け出していった。

四

憤りがさらに、腹の底でとぐろを巻く黒色の蛇を大きくする。

曲淵甲斐守めの臆病なことは、口広いくせに尾の細い鮟鱇《あんこう》武者《むしゃ》に他ならぬ。

北町奉行所のすぐ間近で騒ぎを起こして挑発すると、初めは奉行当人が配下を引きつれ駆けつけたが、群衆に何度も追い返されるうちに、腹立たしいことに門を閉ざして見て見ぬ振りを決め込むようになった。

かの者を討ち取るには、再び奉行所の門を開けさせなければならぬ。

それには——誘い込めばよい。不利を装い、引きつければよいのだ。

今では町人らも、拍子木を打つ我の指図を、よく聞き入れるようになっている。

この手立ては、誤りなくもう一つの首を我に贈ることになるだろう。奉行自らが現れずとも問題はない。配下が誘われればよい。かの者、藤村弥右衛門が罠に掛かれば、それでよいのだ。

二つの首を掲げた時、業の消えた我の心身は、きっと静謐《せいひつ》で満たされるであろう——

打ちこわしの一勢を追うリクは、日本橋の伊勢町《いせちょう》、鉄砲町《てっぽうちょう》、小伝馬町とその痕跡を辿《たど》り、内神田に入ったところで見失い掛けたものの、町人に話を聞いて方角を定め、柳原の往来で散乱する建具や家具、米や小豆の小山などを認め、再び暴徒の動きを捉えることができるようになった。

――もう、遠くない。

米と小豆へ、破れた小袖を着た老若男女が群がっている。

――皆、飢えているのだ。

篠山藩江戸詰右筆の娘として毎日の食事に不自由しない私と違い……御公儀も、もっと前にできることがあったのではないか、と思う。人々の、必死に生きようとする姿を目にすると、果たして打ちこわしは悪なのか、という根本の疑問まで湧いてくる。リクは小さくかぶりを振り、足を速めた。

――私は、私のできることをやらねば。

川沿いを走り、筋違橋《すじかいばし》まで来た時、リクは向こう岸に、打ちこわし勢の様子を感じ取った。川の上流に架かる昌平橋《しょうへいばし》を渡り、引き返して来る。

筋違橋の手前には、そこを守る筋違御門と大番所があったがひっそりとしており、暴徒へ立ち向かおうとする気概は窺えない。篠山藩上屋敷のすぐ間近でもあった。

リクは弥次馬の間を抜けて堤を上り、橋を渡る一勢の中に若衆の姿を探した。走るのに邪魔で着物の懐《ふところ》に差しておいた頭巾が、いつの間にかどこかへ失せていた。

――おらぬ。

打ちこわし勢は十数人に過ぎず、しかしその内に吉弥らしき者は見当たらない。

――見当違いの者どもを追ったか。

橋を渡りきったところは、八辻《やつじ》原と呼ばれる広い火除地《ひよけち》になっており、大工道具や角材を片手に意気揚々と練り歩く打ちこわし勢がそこで動きを止め、各々休みを入れ始めた。

リクが焦り、堤から降りようとした時、馬蹄の音が神田川沿いに轟いた。

陣笠を被り火事羽織を身に着け騎乗した侍が三人、それぞれの馬を輪乗りさせながら、十手で打ちこわし勢を指し示している。そうしている間に、鎖帷子《くさりかたびら》を着込み長脇差を抜いた同心、捕物道具や提灯を手にした目明かしが大勢集まって来た。二百人は下るまい、という多勢であった。

提灯には北町奉行の名が記されている。曲淵甲斐守は不在のようだったが、役人らの目付き、態度には並々ならぬものがあり、少数の打ちこわし勢が孤立する様子を聞きつけたのだろう、これまで散々煮え湯を飲まされてきた暴徒へ復讐しようと、全員が殺気立っている。

じりじりと近付く捕物方を前にして打ちこわし勢も立ち上がり、怯《ひる》む気色はなかった。

異変を感じたリクが振り返る。沢山の人影が筋違御門の渡り櫓を潜り、大番所の中からも黒雲が沸き立つように現れるのを見た。

――凄い人数だ。

一団、どころではない。これも数百人という打ちこわしの集団が、捕物方の背後を取る形となっている。八辻原に並ぶ葦簀《よしず》茶屋の中から、主人や娘が慌てて逃げ出した。昌平橋の下からも、大勢の暴徒が這い上がって来た。捕物方は空き地の中央で、囲まれる恰好となった。

——罠であったのだ。

同心・目明かしらがたじろぎ、打ちこわし勢が徐々に包囲の輪を縮めようとする。リクはなす術もなく、その様を堤の上から息を呑み、眺めていた。

どこからか拍子木を打つ音が響き、それを合図に乱戦となった。捕物方で最も人数の多い目明かしは帯刀を許されておらず、同心の長脇差でさえ刃引きがされている。十手や刺股などの捕物道具を手にしてはいたが、相手方は掛矢《かけや》（大型の木槌）や玄翁、大きな包丁や斧を持っている者までおり、いずれが有利であるか、戦いが始まる前から明らかであった。

捕物方は打ち叩かれ、捕物道具を奪われ、逃げるところを橋から川へ投げ落とされる者もおり、散々な有り様となった。三人の与力は配下に守られていたが、仕舞いには皆、馬から引き摺り下ろされた。やがて捕物方は、地面に伏していない者がない、という様子となったが、打ちこわし勢にも多くの手負いが出たようだ。

——あれは。

リクははっとする。地面に倒れ跪《ひざまず》く与力の一人へ進み出た若衆がいる。傍《そば》に木桶が転がっていた。

——吉弥。

リクは堤一面に生えた青草の上を滑るように降り、弥次馬を掻き分け、火除地の中へ踏み込もうとする。

「吉弥っ」

刀を抜いた若衆の背中へ、リクは渾身の声を放った。

陣笠の脱げた中年の与力の月代《さかやき》がリクから見え、その顔がゆっくりと上がり、若衆を見ると驚き、命乞いし、哀願の表情で地につくほどこうべを垂れた。

若衆が腰の刀を抜いた。白刃を、頭上高く振り上げる。

「吉弥、よせっ」

リクは叫び、打ちこわし勢の中へ飛び込んだ。

周囲の暴徒も動きを止め、一幕の舞台芝居の如き若衆と与力の姿へ目を注いでいる。

刃が振り下ろされ、血飛沫《しぶき》が上がった。緩やかな舞いのように、その光景がリクの目に映った。

八辻原が凍りついたように静まり返った。若衆はさらに、与力の亡骸へ乱暴に刀を下ろし、その首を胴から断ち切り、血の臭いが辺りに漂った。吉弥の間近まで迫りながら、その悪行を止めることができなかった……足を止めたリクは、木桶の蓋が倒れ、そこから零《こぼ》れ出た人の頭に気付く。

若衆が屈み込み、刀を持った手ともう一方の手で二つの首の髻《もとどり》をつかんだ。両手で高く首を掲げると、周囲の打ちこわし勢が怯え、退いた。二つの生首を持ったまま若衆が振り返り、幽鬼の如き両目がこちらを捉えた。リクは驚き、後退《あとずさ》った。

——吉弥ではない。

白粉を厚く顔に塗った、年嵩の男。背恰好は似ていたが、顔立ちは全くの別人であった。

若衆姿の男の両手から首が落ち、地面に転がる。男の血走った眼が嬉しげに細められ、

「……ここにも美しき男子がおる」

笑みで真っ白な顔が歪《ゆが》み、「斬ろう。斬って我のものとしよう」

ひび割れた声でいうと刀を振り上げ、無造作に隔たりを詰めて来る。

リクも急ぎ刀を抜くが、構えを取るより早く、男は一気に踏み込んで来た。咄嗟に鍔《つば》近くの刀身で一撃を受けた。男の太刀筋は狂気の力で漲り、リクの刀を簡単に叩き落とした。

腰の懐剣を抜き放つが、その刀身は余りに短い。再び迫り来る男へ懐剣の切っ先を差し向けた時、無力である感覚がリクの心を蝕《むしば》み、景色を白く霞《かす》ませた。

心中に一人の若き侍――許嫁の姿が浮かんだ。

私はついに、山田源五郎の妻になれなかった――

白粉で覆われた、血に飢えた凶相。男の一刀が躊躇《ちゅうちょ》なく、振り下ろされる。

リクが歯を食い縛り、瞼《まぶた》を閉じようとした刹那、目の前が淡く陰った。

ひび割れた悲鳴。血が玉となって宙に散る。

斬り掛かって来たはずの男が、横ざまに地へ倒れた。

男の胴を薙《な》ぎ払ったのは――山田源五郎、その人であった。

＋

ご無事ですか、と源五郎は背後へ声を掛けた。息が切れていた。しかし、太刀筋がぶれるほどの疲労は腕にも背筋にもない。

応えがないため源五郎が後ろを確かめると、渡部里久が懐剣を手にしたまま、幻を見たかのように呆然と立ち竦《すく》んでいた。

「短刀を仕舞い、長刀を構えて下され」

源五郎が歩み寄り耳打ちすると、リクは夢から覚めたように動き出し、懐剣を納めた。源五郎はリクの刀を拾って渡し、

「ゆっくり退きます。決して彼らに背を向けないように」

渡部里久の加勢には間に合ったが、周りには今も打ちこわし勢が得物を手にして、こちらの様子を窺っている。奉行所の捕物方と係わりのある者かどうか、判断し切れないらしい。

源五郎はリクと背中合わせとなって辺りに注意を払いつつ八辻原を横切り、篠山藩の上屋敷の方へとわずかずつ向かう。群衆は皆、毒気を抜かれたような顔付きで源五郎とリクから隔たりを取り、決して近付こうとはしなかった。先ほどの源五郎の一刀を、ほとんどの者が目にしていたのだ。

ようやく武家地へ入ろうとした時、小川町の方角から、新たな一勢が八辻原へ雪崩《なだ》れ込むのが見えた。奉行所の手勢ではなかった。陣笠を被った火事装束の騎乗の侍とそれに続く馬上の与力たちが、十騎近く。さらに駆けつけた同心たちは四、五十人を揃えていた。手に持った提灯に〝火盗〟の文字が描かれている。火付盗賊改の印であり、率いるのは堀帯刀英隆《ひでたか》だった。その脇に、長谷川平蔵宣以の姿もあった。

火付盗賊改の役人らの抜き放った刃が、曇天の下で淡く光った。

彼らの剣は刃引きをされていない。打ちこわし勢に、怯えの色が広がった。火付盗賊改は刃向かう者を斬捨てる権限を、老中より与えられているのだ。堀帯刀は時に柔弱と世間で謗《そし》られていたが、隣に控える長谷川の力添えのためか一同の此度の構えは尋常ならざるものがあり、暴徒を怯えさせるに充分な意気込みが現れている。

打ちこわし勢の中から一人、二人と逃げ出す者が現れ、そうなると簡単に暴徒の群れは崩れ、全員がわっと四方へ散っていった。

その様子を火除地の外れで見詰めていた源五郎とリクの前に、馬に乗った与力が駆け寄り、砂埃を上げて止まった。源五郎へ、

「お主であろう、若衆を斬ったのは」

馬上の侍は、向井重之助であった。その両目は憎悪に燃え、「そこへ直れ。縄を打ってくれる」

「違うのです」リクが割って入り、

「源五郎様は、私を助けるために剣を振るっただけのこと」

散り散りに逃げる群衆とそれを追う同心らで騒然とする中、源五郎は刀を鞘《さや》に戻し、

「堀様のお屋敷に戻ります」と重之助へ静かに告げた。

同心の一人が背後に回り、源五郎の両腕を後ろ手に縛った。

「此度は座敷に上がれると思うなよ。仮牢が似合いじゃ」

重之助がそう告げた。馬に突き飛ばされるようにして、源五郎は堀帯刀宅へと足を踏み出した。

大声で異議を唱えるリクを、一度だけ顧みた。リクを押し止めているのは、篠山藩から駆けつけ

た番士と中間らしい。大人数に阻まれ、篠山藩右筆の娘は、身動きの取れぬ様子であった。

源五郎には何の悔いもない。

――お里久殿さえ無事なら、それでよい。

そう安堵する源五郎の頬に、自《おの》ずと微笑みが浮かんだ。

＋

五月二十二日から二十三日に掛けて江戸市中を激しく襲った打ちこわしは、二十四、二十五日頃に沈静化した。

二十二日、年番名主は自主的に、町々へ昼でも木戸を閉めるよう指示し、自身番には油断なく人を配置して竹槍、六尺棒、鳶口を持たせ、暴徒の来襲に備えた。

二十三日には勝手掛《かってがかり》老中の水野出羽守忠友《みずのでわのかみただとも》の指図によりお救い金の支給が決定した。此度のお救いは、奉公人を除いた町方の全人口三十六万二千人に対し、一人・銀三匁《もんめ》二分《ふん》を与えるという大規模なものであった。また同日、江戸橋《えどばし》蔵屋敷において新たな米の売り渡しが行われることも決まった。此度は百文に四合三勺の割合で前回の半額ほどとなり、代金の支給もあって町人の隅々に行き渡ることになった。

さらに商家や富裕な町人から金額に換算して計一万両近くの施行《せぎょう》があり、庶民の飢えは一先ず緩和され、のちの六月、七月には幕府が二十万両もの資金を元に全国から大量に米を集めて放出し、米価が下がったため、騒動の気配も完全に鎮火することになった。

打ちこわし相手に町奉行所だけでは心許《こころもと》ないとされ、二十三日、先手組頭十名に暴徒の鎮圧が命じられた。手に負えぬ時は打ち殺してもよい、との命を受けての正式な出陣であった。十名の中には長谷川平蔵宣以もおり、この時の捕物《とりもの》、奉行所への引き渡しの活躍により九月に火付盗賊改加役（冬季だけの助役）、翌年十月には堀帯刀に代わって本役となり、与力十騎同心三十人を率いる、泣く子も黙る〝火盗改〟が誕生したのであった。

＋

平河町の本家で、源蔵は煩悶《はんもん》していた。

三日経っても源五郎が火付盗賊改役の屋敷から戻る気配はなく、その間も山田家の高弟である須藤五太夫が山元町の薬店に泊まり込み、体の悪い源蔵に代わって当主の無罪を訴えに堀帯刀宅との間を往復したが、本人に会うことはおろか、捕物を取り仕切った長谷川平蔵へ申し開きをする機会すら与えてはもらえなかった。火付盗賊改も先手組も市中の騒擾を取り締まるのに忙しい、という事実もあったが、このような場合、山田家の牢人身分という立場がいい分を通すことのできぬ弱みとなっているのも、間違いのないところであった。

源五郎の許嫁を称する篠山藩右筆の娘・リクも、藩邸が堀宅と近いこともあって一日に何度も陳情に向かっており、時折は本家を訪れ、互いの事情を伝え合ってもいたが、やはりなかなかままならぬ様子だった。唯一、源五郎は仮牢に捕らえられていても縄目は当初からは解かれている、という話だけは先手組から教えてもらい、三人でわずかに安堵した、ということもあった。

源蔵は、その日も訪ねて来た須藤と山田家の向後について話し合っていた。落ち着きなく立ったり座ったりを繰り返す須藤へ、

「……もし源五郎に、何かがあった折りには」

源蔵は覚悟を込めて口を開き、「それがしがもう一度山田家の当主に戻り、懸命に試刀術を稽古して、御家を存続させまする」

それは死を目の当たりにするのを恐れる源蔵にとって、魂が竦み上がるような話だったが、他によい手立ても思い浮かばない。須藤も、無理に呑み込むような顔付きで頷いた。その案が夢想に近いことは、源蔵も須藤もよく分かっているのだ。

何よりも心配なのは、やはり源五郎の身の上であった。

市中の騒ぎが落着した時には改めて二人で堀宅へ、と相談しているところに玄関から、お頼み申す、という声が届いた。自ら応対に出た源蔵は見慣れぬ人物の来訪に驚いた。

裃を着用し、身なりを整えた初老の武士が、そこに立っていたのだ。

＋

リクはようやく小川町の堀帯刀宅にて、長谷川平蔵への目通りを許された。

八辻原での大騒動の日から何度も訪ね、山田源五郎の無実を訴えたいと、時には山田家の者とともに申し入れていたが幾日も相手にされず、ようやくあの場を取り捌《さば》いた長谷川への接見が叶ったのは、四日後のことであった。旦那様からお話が、と引き止めようとする侍女を振り切り、一人堀宅へ向かった折りに、ようやく面会が許可されたのだ。

堀宅の客間は庭園に面した場所にあり、赤松の葉が隣家の屋根を隠すほどよく茂り、緑の雲が池を泳ぐ朱色の群れを湧き立つように囲む、鮮やかな風情を作り上げていた。客間で相対した長谷川の脇には、向井重之助が控えている。毎日御苦労であったな、と長谷川はリクを労《ねぎら》い、

「篠山藩右筆の娘となれば、疎《おろそ》かにするわけにも参らぬが、我らも市中の取り締まりで忙しい。ようやく少し、落ち着いたところじゃ」

口調に厳しさが戻り、「これでようやく、山田源五郎の詮議に注力できるというもの」

その言葉に、リクの気持ちが引き締まった。この敷地の何処かに源五郎が捕らわれている、と思うと矢も盾も堪《たま》らず、源五郎が斬った相手こそが首斬りの下手人であること、町人を煽り利用して、己の悪行を打ちこわしに紛れさせていたこと、そもそもの変事は中村座の女形と陰間、奉行所与力・藤村弥右衛門の痴情のもつれに端を発することなどを、懸命に伝えた。

「町人を煽ったのは、火消でなく女形というか」

長谷川は疑うというより不思議そうに、「しかし何ゆえ、そのようなことが分かる」

「……藤村殿を斬ったのが、実際に中村座の女形であったとしても」

長谷川の脇で正座し、背筋を伸ばす重之助がそう口を挟み、

「女形を斬ったのが源五郎であるのも、間違いのない事実。首斬りの下手人かどうかに拘らず、市中で人を殺してただで済むはずはござらん」

「下手人が、私に襲い掛かったのです」

「何ゆえ女形が、お里久殿を襲うのです」

「その者はすでに、狂気の渦に呑み込まれておりました。藤村殿ともう一人の首が、傍らに転がっていたはずです。二つの首が源五郎様の携えたものではないと、そのことはお分かりになるはずです」

「生首と源五郎との因果は、今のところ不明です」

重之助の眼差しは厳しく、「されどお里久殿のお話は、ほとんどが推量ではありませんか」

リクは下唇を噛んだ。中村座の中二階で菊之進から聞いた話は、吉弥を下手人と考えての言葉で、他の人物を犯人とする根拠には不足であった。

どう長谷川を説き伏せるか思案するリクへ、重之助は畳み掛けるように、

「心持ちのみで、源五郎を庇《かば》い立てするのは……」

「——お里久様の申されたことは、真にございます」

突然そう声が掛かり、リクは振り返る。庭に面した濡れ縁の、雨戸の陰に平伏する者がいる。

「童《わっぱ》、何処から入った」

刀を手に立ち上がった重之助を、長谷川が制し、

「屋根から赤松を伝い、軽業師の如く庭に降りたのであろう。不作法ながら、今は構うまい。申したきことがあれば、こちらに参って述べてみよ」

濡れ縁から、這いつくばるように身を低め、汚れた小袖を着た若衆が客間に入って来た。

「――吉弥」

驚いたリクが、若衆の名を口にした。知り合いか、と訊ねる長谷川へ、

「以前に寺子屋で教えたことのある、算術の生徒です」

吉弥はわずかに顔を上げ、長い睫毛を瞬《しばたた》き、「私めは、中村座の女形見習いの吉弥と申します。今のお話にあった下手人に、心当たりがございます」

それで、と興味深げに長谷川が先を促した。吉弥は怖々と、

「二人を殺め首を取った女形とは、私めの師匠、数馬と申す者にございます。師匠は思い人である藤村弥右衛門様を鈴之助と申す陰間に寝取られ、深く気を病むことになりました。師匠は齢《よわい》四十近くとなって女形で舞台に立つ機会も減り、次第に現《うつつ》と夢想との区別がつかなくなり、そして私めは……師匠の悪行の後押しを致しました」

「何だと」

すぐに色めき立つ重之助を、長谷川は片手で抑え、

「よい。続けよ」

「私めが師匠の本物の狂気を知ったのは、深夜、鈴之助の首を芝居小屋へ持ち帰った時のこと。私めはそれを咄嗟に木桶に隠しましたが、師匠の修羅の如き物凄い目付きは、まだ悪行の終わらぬことを示しておりました。そして師匠の時折呟く言葉と、師匠が大部屋に捨て置いた書物から、己の愛憎をある物語になぞらえているのでは、と考えるようになりました」

「その物語とは、怪談であろう」

長谷川の言葉に、吉弥は深く頷き、

「左様にございます。師匠はすでに一人を殺めた身、ならば、もう一人を殺めることで悪行もやむのではと思い……藤村弥右衛門が憎いならば思うままにさせ、私めはその悪行を最後まで見届けると決めたのです――地獄まで供をするつもりで」

リクは、吉弥から渡された形見の櫛を思い起こす。

あの時から、吉弥の覚悟は決まっていたのだ。若衆は畳に突いた両手の間に涙を落とし、

「師匠は……数馬様は孤児の私めを拾って下さり、芸を教えてくれたお方。できるだけ陰間として働かずとも飯が食えるよう計らってくれ、私めを我が子のように大事にして下さりました。余人にとってはいざ知らず、私めにとっては親も同然の恩人にござります」

「打ちこわしに乗じようとした、というのは真か」

「それも、間違いありませぬ。師匠は貧民の子供らに日頃から目を掛けておりました。子供らに米屋の前で騒ぎを起こさせれば人が集まると気付き、そのように計らったのです。北町奉行所の傍で何度も騒ぎを起こしたのは無論、藤村様を誘《おび》き寄せるためです。私めは師匠から目を離さず、打ちこわしの最中も常に傍におりました。しかしその頃には、数馬様は私めが傍らにいることも気付かぬようになりました」

嗚咽《おえつ》を漏らしながら、

「さりながら御奉行様も用心され、なかなか出陣せぬようになり、師匠はわざと打ちこわし衆を少

数に見せ掛けてお役人を誘い出し挟み撃ちにしようと、皆と計らって北の筋違橋辺りで罠を張ったのでございます」

畳に額を擦りつけ、「師匠はそこで藤村様を討ち取りました。私めが携え用意した木桶の中身と併せて、師匠は二つの首を掲げ、八辻原で思いを遂げたはずでした。しかしながら狂気は消えず、お里久様に襲い掛かった、という次第です」

吉弥の披瀝《ひれき》が終わり、堀帯刀宅の客間がしばし静まり返った。

「……話の全てを信ずるわけには参らぬ」そう重之助が口を切り、

「結局は何もかも師の女形のせいにし、己に都合のよい話をしているだけではないか」

「向井様、長谷川様」リクも畳に両手を突き、

「真を話すつもりがなければ、吉弥は私を追ってここに参りませぬ。それに」

泣き止むことのできぬ若衆を見遣って、

「打ちこわし勢の中で半鐘を鳴らし、盗みはするな、火に用心せよ、と告げて回ったのは、そなたであろう。いたずらに師の罪を増やさぬよう。吉弥、そうであろう」

泣き崩れ、返答もできぬ若衆へ、

「……吉弥とやら」

そう声を掛けた長谷川の口振りは思いの外柔らかく、

「此度の打ちこわし、誰に最も責があると思う」

吉弥はしゃくり上げながら、「煽った者、暴れた者、盗んだ者それぞれに……」

「違う」長谷川の顔付きが引き締まり、

「此度、誰にどのような仕置を与えるか、おおよそのことは決まっておる。よいか……此度の騒ぎの責の大半は、奉行所にある」

はっと吉弥が顔を上げた。長谷川は、驚く吉弥とリクを交互に見ると、

「若年寄・松平玄蕃頭《げんばのかみ》様が御老中らへ申し上げた話では奉行所の不手際として、逃げ腰により多くの徒党を逃がしたこと、事前に町方からお救い願いが上申されたにも拘らずろくに対策しなかったことが、厳しく挙げられている。打ちこわしは町奉行の無策によるもので、『町方に六分の利』があるとまでいい切っておる」

居住まいを正し、

「よって特に月番であった北町奉行の曲淵甲斐守様は左遷となるであろう、とのことだ」

「では、打ちこわしに参じた町人らは……」リクの疑問に、

「我らの働きもあって、千人を超す無法者を召し捕ったが、裁きに掛けられる者は、ほんの四十名足らずであるという。裁きの内容も、素案はすでに話し合われておる。遺恨を持って徒党を組み狼藉《ろうぜき》を働いた頭目が重追放（犯罪地・住国・江戸十里四方の出入りを禁じ、田畑・家屋敷・家財を没収）。その加担者が所払い（居住の町村から追放）。ひどく暴れた者は敲《たた》きの上、中追放（重追放と同様だが没収は田畑・家屋敷のみ）。その他は、ほとんど喧嘩《けんか》沙汰として放免されるという。最も重い刑で遠島となり、死罪や磔《はりつけ》となる者は、一人もおらぬそうだ。つまり」

厳めしい顔付きで、

「御上はそなたらが考えるほど、愚かでも無慈悲でもない、という話じゃ。吉弥」

はい、と改めて平伏する若衆へ、

「そなたの罪は何処に当て嵌まるものか、俺からのちに沙汰しよう。今の話と住《す》まいを書面に残しておけ。よいな」

吉弥は死罪も覚悟していたのだろう、安堵と嗚咽で伏せたまま身を震わせている。

リクも心中で喜び、長谷川へ頭を下げた。さらに、

「これで、源五郎様の無実もお分かりいただけたでしょうか」

「……なりませぬ」と横から告げたのは重之助で、

「吟味は慎重に執り行わねば。特に源五郎めは、人を斬っており……」

思わずリクは声を荒らげ、「卑怯にござりますぞ、重之助様」

「な、何といわれる」

「重之助様のお振る舞い……私怨に眼を曇らせておるゆえ、源五郎様を陥れ、吉弥の話に聞く耳を持たぬのではありませぬか。そのような言動」

目を見張る相手へ、「武士として、恥ずかしくはありませぬか」

大声で訴えると、重之助は黙り込み、俯いた。しばし音の消えた客間に、くつくつと喉の奥を鳴らす声が聞こえ、リクは最初、重之助が笑い出したものかと思ったが、

「……拙者を卑怯と申されるか」

何と、重之助は涙を流していた。

「拙者はお里久殿の幸せのことだけを思い、ただ首斬りなどに渡してはならぬ、と……」

私は物ではありませぬ、と興奮の冷めたリクが伝える。重之助が声を落とし、

「卑怯、私怨とまでいわれるなら、拙者から申すことは何もありませぬ。この先手弓組の務めに相応しくない者ならば、いっそ職を辞したく……」

「早まるな」長谷川は困ったように、

「重之助のいうことも誤ってはおらぬ。先ほどの吉弥の話、また火除地での目撃談を集め、さらに源五郎の言葉を聞いた上で、判断せねばならぬ」

「では、それらに矛盾がないと分かった時には……源五郎様をすぐさま解き放って下さいますか」

リクの問いに、鬼瓦のような顔が重々しく頷き、

「それは、約束しよう」下がるがよい、との言葉を添えた。

リクは吉弥の話が書面に写されるのを、そのまま客間で待った。屋敷を出る際に、いつでも母上の形見を取りに参れ、と伝えるためだったが、敷地の何処かに捕らえられた源五郎の近くに、少しの間でも長くいたいと考えたせいもあった。

吉弥の聞き取り書きは重之助が行ったが、その最中も二人は泣いており、剣術の兄弟子には少し申しわけない気持ちにもなった。

リクは先手弓組の頭と与力へ、深く頭を下げることでその心を表した。

屋敷を出ると、表門の庇《ひさし》の下で侍女のキヨが待っており、旦那様からお話があるとのことです、と改めてリクへ知らせた。

＋

篠山藩邸に戻ると、リクはすぐに御殿の右筆部屋へ向かった。

父とまともに顔を合わせるのは、久方振りのことだ。張り詰めた心持ちで廊下に正座し挨拶をしたのち、許しを待って部屋に入った。父・渡部嘉右衛門良政《わたなべかえもんよしまさ》は筆を取って何かの仕事の最中であった。父がどのような話をするつもりなのか、リクは想像することができた。

山田家との係わりを咎《とが》める言葉に違いない。父上、とリクは自分から、

「何と申されようと、私の気持ちに変わりはございません。今日、向井様にもそのことははっきり申し上げたつもりです」

父に筆を止める様子はなかったが、リクは構わず、

「先日はまた、山田源五郎様に命を救われました。なのに、恩人の助命に動かぬ渡部家とは薄情な家であると、きっと山田家でも考えておられるものと……」

「命を助けられたことは、儂も番士や中間から聞いておる」

ようやく書物《かきもの》の傍らに筆を置き、じろりとリクを見遣ると、

「その話をするため、呼んだのだが……聞き入れず、そなたが家を飛び出したのだ」

リクは慎重になり、「話、とは」

「先ほど、麴町の平河町へ参ったところだ」

「山田家のご本家へ……何のために」狼狽える娘へ、

「家中の者が火除地で目撃した話を火付盗賊改役へお伝えする旨を、知らせるためじゃ。これから書面にして堀様にお渡しする、と」

父は淡々と、「山田家の御隠居……といってもまだ若者だが、大層喜ばれておった」

「渡部家から正式な文書として、ですか」

「左様」

その書状は、源五郎にとって心強い援軍となるだろう。しかし。

「父上が直々に、平河町へ参られたのは何ゆえでしょう」

――まさか書状を、取引の道具としたのでは。

不吉な己の想像に、リクは焦り、「何を、山田家にお伝えしたのですか」

「無論、婚姻のことじゃ」

「父上」思わず大声となり、

「何ゆえ、父上は娘の心中を少しもお考えにならず――」

「こちらから改めて、そなたと源五郎殿の縁談を申し込みに参ったのだ」

言葉をなくすリクへ、

「それがそなたの幸せというなら、最早、皆までいうまい」

父はふと肩の力を抜き、もう一度筆を手にし、少し寂しげにも見える表情で書面に目を落としたまま、リク、と話し掛けてきた。

「首斬りの妻になるがよい」

渡部里久は父の前に両手を突き、涙を堪《こら》え、「はい」と確かに返答した。

（了）

【主な参考文献】

『復刻版　首斬り浅右衛門刀剣押形（上・下）』福永酔剣　著（雄山閣）
『増補改訂　刀鍛冶の生活』福永酔剣　著（雄山閣）
『直心影流の研究』軽米克尊　著（国書刊行会）
『復刻版　水心子正秀とその一門』黒江二郎　著（雄山閣）
『江戸の日本刀』伊藤三平　著（東洋書院）
『増補　大江戸死体考』氏家幹人　著（平凡社ライブラリー）
『田沼時代』辻　善之助　著（岩波文庫）
『松平定信』藤田　覚　著（中公新書）
『町奉行を考証する』稲垣史生　著（旺文社文庫）
『「火附盗賊改」の正体』丹野　顯　著（集英社新書）
『天明の江戸打ちこわし』片倉比佐子　著（新日本新書）
『江戸お留守居役の日記』山本博文　著（講談社学術文庫）
『江戸時代の歌舞伎役者』田口章子　著（中公文庫）
『歌舞伎はスゴイ』堀口茉純　著（ＰＨＰ新書）
『江戸文化から見る　男娼と男色の歴史』安藤優一郎　監修（カンゼン）
『現代語で読む「江戸怪談」傑作選』堤　邦彦　著（祥伝社新書）
『本草綱目』李　時珍　撰（国立国会図書館デジタルコレクション）

本作は歴史的事実をもとにしたフィクションです。

初出
「首斬りの妻」　「ジャーロ」87号（二〇二三年三月）
「跡継」（「首斬りの跡継」より改題）　「ジャーロ」90号（二〇二三年九月）
「水心子の刀」　書下ろし
「乱」　書下ろし

結城充考（ゆうき・みつたか）

1970年、香川県生まれ。

2004年、『奇蹟の表現』で第11回電撃小説大賞銀賞を受賞。

2008年、『プラ・バロック』で第12回日本ミステリー文学大賞新人賞を受賞。同作に始まる〈クロハ〉シリーズや、〈捜査一課殺人班イルマ〉シリーズなど、警察小説で注目を集める。

2022年、『焔ノ地　天正伊賀之乱』で初の歴史小説に挑戦。本作がこれに続く第二作となる。

首斬《くびき》りの妻《つま》

2023年11月30日　初版１刷発行

著　者　結城充考《ゆうきみつたか》
発行者　三宅貴久
発行所　株式会社 光文社
〒112-8011　東京都文京区音羽1-16-6
電話　編　集　部　03-5395-8254
書籍販売部　03-5395-8116
業　務　部　03-5395-8125
URL　光　文　社　https://www.kobunsha.com/

組　版　萩原印刷
印刷所　萩原印刷
製本所　ナショナル製本

落丁・乱丁本は業務部へご連絡くだされば、お取り替えいたします。

ISBN978-4-334-10138-1